光文社文庫

長編時代小説

神君狩り

夏目影二郎始末旅(十五)

決定版

佐伯泰英

光　文　社

※本書は、二〇一四年十月、光文社文庫より
刊行された作品を加筆修正したものです。

目次

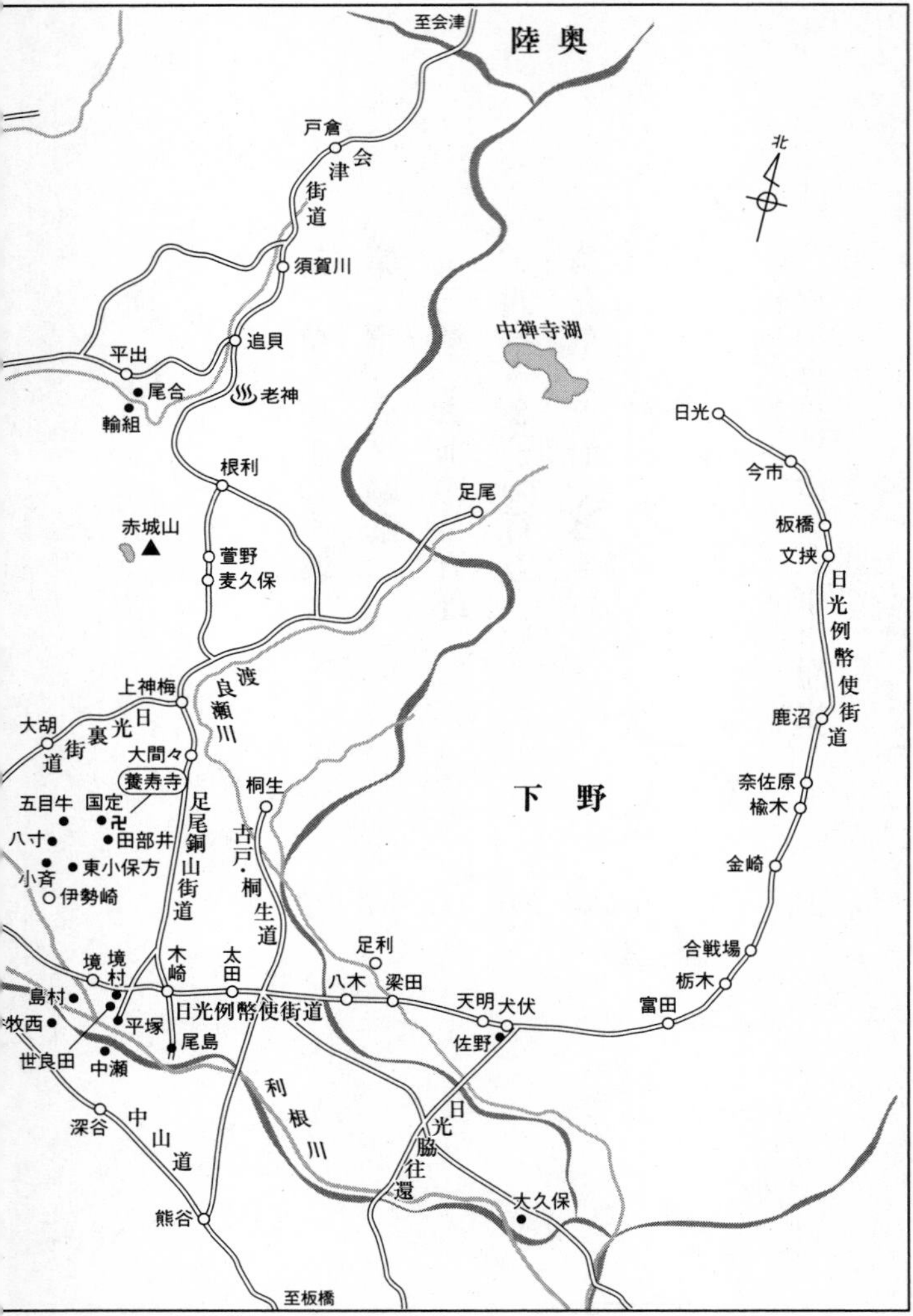
至会津
陸奥
戸倉
会津街道
須賀川
中禅寺湖
追貝
平出
尾合
老神
輪組
日光
今市
根利
足尾
板橋
文挟
赤城山
萱野
麦久保
日光例幣使街道
上神梅
渡良瀬川
大胡
日光裏街道
大間々
鹿沼
養寿寺
桐生
下野
奈佐原
五目牛
国定
足尾銅山街道
楡木
八寸
田部井
古戸・桐生道
東小保方
金崎
小斉
伊勢崎
足利
合戦場
境
境村
木崎
太田
八木
梁田
栃木
島村
天明
犬伏
富田
牧西
日光例幣使街道
平塚
佐野
世良田
尾島
中瀬
利根川
日光脇往還
深谷
中山道
大久保
熊谷
至板橋

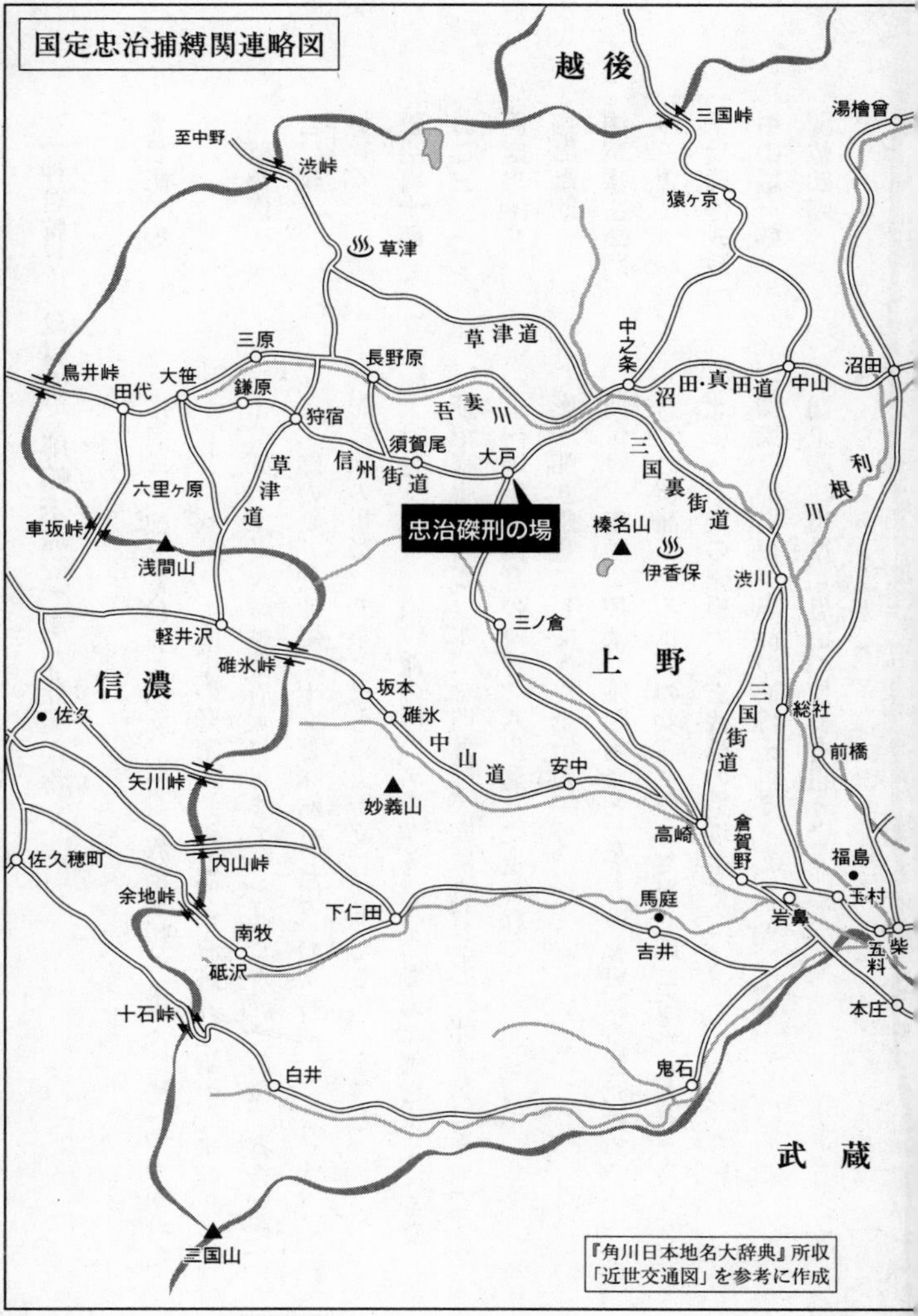
国定忠治捕縛関連略図
越後
三国峠
湯檜曽
至中野
渋峠
猿ヶ京
草津
草津道
中之条
沼田・真田道
中山
沼田
三原
長野原
鳥井峠
田代
大笹
鎌原
狩宿
吾妻川
三国裏街道
利根川
須賀尾
大戸
信州街道
草津道
六里ヶ原
忠治磔刑の場
車坂峠
浅間山
榛名山
伊香保
渋川
三ノ倉
軽井沢
碓氷峠
上野
信濃
坂本
碓氷
三国街道
総社
佐久
中山道
前橋
安中
矢川峠
妙義山
高崎
倉賀野
福島
佐久穂町
内山峠
余地峠
馬庭
玉村
下仁田
岩鼻
南牧
吉井
柴
五料
砥沢
本庄
十石峠
白井
鬼石
武蔵
三国山
『角川日本地名大辞典』所収
「近世交通図」を参考に作成

『神君狩り　夏目影二郎始末旅㊄』主な登場人物

夏目影二郎　本名瑛二郎。常磐秀信の妾の子。放蕩無頼の果てに獄につながれたが、父に救われ、配下の隠密に。鏡新明智流桃井道場の元師範代。

常磐秀信　影二郎の父。一時は幕府大目付までつとめたが、その後、寄合席に。

若　菜　影二郎の妻。甘味処〈十文甘味あらし山〉の女将。

い　く　影二郎の祖母。若菜とともに〈十文甘味あらし山〉を営む。

菱沼喜十郎　大目付支配下。道雪派の弓の名手。秀信の命で影二郎を支えてきた。

おこま　菱沼喜十郎の娘。水芸や門付け芸人に扮して影二郎の旅に従ってきた。

国定忠治　上州国定村出身の侠客。八州廻りに追われる。

蝮の幸助　影二郎と懇意にしてきた忠治の子分。

浅草弾左衛門　門付け、座頭、猿楽、陰陽師など二十九職を束ねる総元締め。

み　よ　日光の旅籠〈いろは〉の女将。かつて影二郎に命を救われた。

千葉周作成政　北辰一刀流の流祖で、玄武館の道場主。

中山誠一郎　関東取締出役。忠治の捕縛を狙う。

関畝四郎　関東取締出役。忠治の捕縛を狙う。

神君狩り　夏目影二郎始末旅㈤

序章

忠治《ちゅうじ》は夢を見ていた。

口端《くちは》からとめどなく涎《よだれ》が垂れていた。涎を拭《ふ》こうにも手が動かない。

（なぜ動かないのか）

上州《じょうしゅう》の山が浮かんだ。

赤城山《あかぎやま》だ。

（懐かしいぜ）

北を塞ぐように赤城山や榛名山《はるなさん》が聳《そび》えていた。

赤城山の砦《とりで》に大勢の子分どもと立《た》て籠《こ》もったのはいつのことか。遠い昔のようにも、つい昨日のことのようにも思えた。

忠治の生まれ故郷の国定《くにさだ》村を挟むように利根《とね》川と渡良瀬《わたらせ》川が流れていた。

山があり、川があったが上州の気候は厳しく、土壌は米作りに向いていなかった。そのために上州は貧しい土地柄だった。

米作りを農の基本に置いた徳川幕府の治世下では、上州は貧困と荒廃の領地に思える。だが、いつの頃からか、この貧しい土地柄が百姓を商品経済に向かわせ、百姓の暮らしを変えていった。

清国から輸入する絹の原料の生糸《きいと》は長崎交易から入ってきたが、その値は高く、金銀の流出を阻止するため、幕府は、

「畑作勝手つくり停止《ちょうじ》」

の方針を転換して、養蚕《ようさん》の奨励に踏み切った。

米作りに不向きな上州は、いち早く養蚕を始めた。

養蚕は米とは異なり、腹を満たす食糧ではない。ために換金でき、銭を得た。

当然、この行為は市場を生み出し、さらには生糸を紡《つむ》いで織物に仕立て、染色し、反物《たんもの》にする絹業が上州で完成した。

なにより米の収穫高に合わせて年貢を徴収する石高《こくだか》制のため、上州の耕作地は畑作地が多く、年貢が現金で納められた。ために畑作や養蚕で利が上げられれば、どこよりも上州の農民は富を約束された。さらに上州では京都から染職人、織職人が呼ばれて、上州の絹産業は飛躍的に発展を遂げた。

江戸という一大消費地が控えているのだ。上州から生み出される絹織物にはいくらでも買い手がついた。

上州の村々には、自ら養蚕の傍ら桑や生糸などを売買する才覚のある百姓が小商人に姿を変え、銭金が動いた。

貧しかった上州では、換金性を有する養蚕業は、関わりのある機屋《はた》、染物屋など労働と生産の場を造りだし、養蚕をもとにした絹業の発展は、消費を刺激して、豊かになった。

かかあ天下と空《から》っ風《かぜ》の上州は変わった。

「絹繁盛」の地と変わった。

蚕大尽《かいこだいじん》が生まれる一方で、絹物の先物取引に失敗して零落《れいらく》する一家も現われた。裏を返せば、それだけ金が動いている証《あかし》であった。

貧者が分限者《ぶげんしゃ》になり、不毛の大地が金を生み出すようになったとき、米が穫れない土地であった上州は、幕藩体制の根幹を超えて、民百姓に富を約束する地に変わっていた。

金が懐《ふところ》にあれば、考えることはだれしもいっしょだ。

博奕《ばくち》だ。博奕は博徒《ばくと》を生み、互いが競い合い、力の強いものが生き残り、縄張りを形成した。そんな争いの中から国定忠治が頭角を現わしてきた。

上州の人々は忠治に期待をいだいた。幕府にかわってなにかをなしてくれる人物と考えた。忠治もまた人々の期待に応えるべく上州盗区《とうく》を中心に駆け回った。

だが、お互いの気持ちが通じ合った期間はそう長くは続かなかった。

忠治の脳裏に千切《ちぎ》れ千切れに風景が浮かび、消えた。

第一章　坊主の幸助

一

嘉永《かえい》三年（一八五〇）文月《ふづき》の終わり、江戸はうだるような暑さに見舞われていた。

夏目影二郎《なつめえいじろう》は、神田《かんだ》お玉《たま》が池《いけ》にある千葉周作《ちばしゅうさく》の北辰一刀流《ほくしんいっとう》の玄武館《げんぶかん》道場をあとにした。

以前、通っていた神道無念《しんとうむねん》流の斎藤弥九郎《さいとうやくろう》道場を離れ、このところ千葉道場に通っており、本日は周作の次男の栄次郎《えいじろう》と稽古を為《な》してきた。十八歳の栄次郎の動きは機敏にして巧妙、軽業《かるわざ》師と呼ばれる天才児だが、未だ数多くの修羅場《しゅらば》を潜り抜けてきた影二郎の剣には敵《かな》わなかった。

だが、天才は天才を知る。栄次郎は一瞬にして影二郎の生き方と剣風を尊敬して、その後、影二郎との稽古を常に願ってきた。

酷暑の中、ふたりして一刻《いっとき》（二時間）を超える稽古を為したあと、影二郎は爽やかな気持ちで神田川に架かる和泉《いずみ》橋に出た。

北辰一刀流の流祖は千葉周作成政《なりまさ》であった。

周作は最初、旗本喜多村石見守正秀《はたもときたむらいわみのかみまさひで》に仕え、小野《おの》派一刀流を学び、後に江戸へ出て中西《なかにし》派一刀流の浅利又七郎義信《あさりまたしちろうよしのぶ》に入門した。さらに浅利の師、中西忠兵衛《ちゅうべえ》子正《つぐまさ》について学んだ。その後、浅利の養子になり、又七郎の姪《めい》せつ女《じょ》を娶《めと》った。

旗本喜多村家を辞した周作は剣術の教授に専念したが、剣技の解釈と考えが養父又七郎と相容れず、妻せつ女を伴い養家を去った。そして、関八州《かんはっしゅう》を廻国《かいこく》修行して、江戸に戻り、日本橋《にほんばし》品川町に道場を開いて、北辰一刀流を広めることに努めた。

神田お玉が池に道場を移したころから世間では、

「位《くらい》は桃井《もものい》、技《わざ》は千葉、力は斎藤……」

と評される江戸売り出しの三大流派に成長した。

位の桃井は、影二郎の学んだ鏡新明智《きょうしんめいち》流の桃井春蔵《しゅんぞう》、技の千葉は北辰一刀流の千葉周作、力の斎藤は神道無念流の斎藤弥九郎であった。

影二郎の本名は瑛二郎《えいじろう》といい、父は旗本三千二百石の常磐《ときわ》豊後守《ぶんごのかみ》秀信《ひでのぶ》、母は浅草《あさくさ》の料理茶屋〈嵐山《らんざん》〉の独り娘みつであった。秀信には屋敷付きの本妻鈴女《すずじょ》がおり、みつは妾《めかけ》、瑛二郎は妾腹《しょうふく》の子であった。

瑛二郎は、八歳のとき、鏡新明智流の桃井春蔵道場において剣術修行を始めた。

瑛二郎はみつの早世《そうせい》にもかかわらず剣術修行だけは熱心につづけ、

「位の桃井に鬼が棲《す》む……」

と呼ばれる腕前になっていた。

二十三歳の春、瑛二郎は、鏡新明智流の三代目桃井春蔵直雄《なおかつ》に呼ばれ、

「道場の跡継ぎにならぬか」

と誘われた。

この提案の背後には父の秀信が介在しており、桃井直雄の妹と夫婦《めおと》になって跡目を継ぐことが望まれていた。

瑛二郎は、その日を境に桃井道場から足を遠ざけた。吉原の遊女萌《もえ》と二世《にせ》の誓いをしていたからだ。

若い瑛二郎は父秀信の気持ちを察することができなかった。ただ桃井の跡目に

付けようと企てられたことに反発し、本名瑛二郎を影二郎と自ら改め、みつの実家の〈嵐山〉をねぐらに無頼《ぶらい》の徒に自ら落ちた。

その結果は無惨だった。

萌を騙《だま》して身請《みう》けし自害に追い込んだ、香具師《やし》と御用聞きの二足の草鞋《わらじ》を履く聖天《しょうでん》の仏七《ぶつしち》を叩き斬って縛《ばく》につくこととなった。

突然、小伝馬町《こてんまちょう》の牢屋敷で遠島に処されるを待つ影二郎のもとを父秀信が訪ねてきたのだ。その日から影二郎は、自ら改名したと同じ、

「影の身分」

となって関八州ばかりか、西国《さいごく》、陸奥《むつ》、出羽《でわ》一円まで勘定奉行《かんじょうぶぎょう》、さらには大《おお》目付《めつけ》に出世した常磐秀信の秘命を次々に与えられて、

「始末旅」

に奔走することになった。

むろん常磐秀信一人《いちにん》でかようなことができるわけもない。折りから天保《てんぽう》の改革を推し進める老中水野《みずの》越前守《えちぜんのかみ》忠邦《ただくに》の容認があってこそ、影二郎の「無法」が許されてきたのだ。

老中首座に昇り詰めた忠邦は、水野の三羽烏と呼ばれて天保の改革を強引に推

進してきた御金改役《おかねあらためやく》後藤三右衛門《ごとうさんえもん》、南町奉行鳥居耀蔵《とりいようぞう》、書物奉行・天文方見習《てんもんかたみならい》渋川六蔵《しぶかわろくぞう》らの強硬派の抑えとして、常磐秀信、影二郎父子を利用してきた。

だが、天保の改革は水野忠邦の思惑どおりには推進できなかった。

天保十四年（一八四三）四月、十二代将軍徳川家慶《いえよし》は、衰えを見せる幕藩体制を復活させせんと、初代家康《いえやす》が眠る日光東照宮《にっこうとうしょうぐう》への日光社参を六十七年ぶりに挙行した。だが、財政難にもかかわらずさらに莫大な費《つい》えを重ねた日光社参で、その威光《いこう》は復活するどころか、反対に衰退の一途をたどっていた。

水野忠邦の改革の柱は、印旛《いんば》沼の干拓《かんたく》、さらには江戸周辺十里四方の上知《あげち》、つまりは豊かな土地は幕府に差し出せという強引過ぎるもので、一方世間には緊縮節約を説く無策であった。ために家慶が日光社参を試みた六か月後の天保十四年閏《うるう》九月に水野忠邦は失脚した。

その折り、水野忠邦の後ろ盾で大目付に昇進していた常磐秀信も役職を追われ、寄合席《よりあい》に入った。

夏目影二郎の、

「始末旅」

も終わりを告げた。

常磐秀信は、本妻鈴女の愚痴を聞かされる養子の身分に戻った。

一方、影二郎は、萌の妹である若菜《わかな》と所帯を持ち、内々で祝言《しゅうげん》を挙げたが、影二郎だけは母の実家である甘味処〈十文甘味あらし山〉には住まず、相変わらず浅草三好町《みよしちょう》の市兵衛《いちべえ》長屋にねぐらをおいて、

「通い婿」

を続けていた。

影二郎は他に女がいるゆえ、独り暮らしを続けているわけではなかった。

幕藩体制は内から綻《ほころ》びが生じ、外からは異国の脅威に曝《さら》されていた。

改革派と守旧派が国論を二分し、その間に国際情勢は緊迫してきた。

亜米利加《アメリカ》国が清国と通商条約を締結して、鎖国を続ける日本に次なる狙いを定めてきたからだ。徳川幕府どころか日本そのものがどうなるか、見えなかった。

そのことが影二郎に安住を拒ませたのだ。

かような情勢下、家慶の判断で一度失脚した水野忠邦がふたたび老中に返り咲いた。

その折りのことだ。

水野忠邦は寄合席の常磐秀信に復職を命じた。秀信は影二郎に水野忠邦の要請

を受けるべきかどうか相談した。

「老中水野様の命に一度として逆ろうたことのない父上が、なぜそれがしにこたびは相談なされますな」

「迷うておる」

秀信は正直に答えていた。

「なにを迷われます」

「そなた、父に水野様の命を受けよと言うておるか」

「いえ、迷われる父上の気持ちをお尋ねしておるのでございます」

「幕臣なれば老中の命は絶対である」

「いかにも」

「水野様が返り咲かれたとて、この難局が解決できようか」

「できますまい。再任された水野忠邦様はふたたび退任に追い込まれましょう。その折りの水野様の始末は一度目の失脚より酷《ひど》いものになりましょう。父上はそれでも水野忠邦様が主導する泥船幕府丸に乗り込まれ、無為無策な改革に勤《いそ》しむ覚悟がございますか」

「鈴女が幕閣《ばっかく》に復職できるのを喜んでおるのじゃ」

家付き娘の常盤家に婿に入った秀信が呟《つぶや》き、影二郎は聞こえぬふりをした。義母の鈴女になんの情も義理も感じていなかった。それを知る秀信が低声《こごえ》で漏《も》らした。

「そなたの手助けがなければ、この任は全《まつと》うできまい」

秀信は影二郎が、うん、と答えるのを期待しているようでもあった。

「父上、若菜は腹に子を宿《やど》しております。それがし、小伝馬町から放免された借りは、幕府にも水野様にも十分に返したつもりにございます」

「なに、若菜に子が」

「父上の孫にございますぞ」

ふうっ、と大きな息を秀信が吐《つ》いた。

「なんというて断る」

「病《やまい》を理由になされ」

「鈴女が許してくれぬわ」

「この家で倒れたことになさればよい」

影二郎は、秀信が妾みつの実家を訪ねて倒れたことにすれば、鈴女が見舞いにくる心配はないと踏んだ。

「若菜に子ができるのを身近で見るのもよいか」

「あとはそれがしがなんとかします」

と請け合い、秀信は仮病を理由に復職を拒むことになった。

日本と唯一外交交易を保ってきた阿蘭陀《オランダ》国王ウィレム二世の国書《こくしょ》を携えて長崎に軍艦パレンバン号が入港したのは天保から弘化《こうか》と年号が変わる年（一八四四）の七月のことだ。

ウィレム二世の書面には、阿片《アヘン》戦争に敗北した清国の政治情勢を説きながら、二の舞を演じぬように、

「速《すみ》やかな開国」

をすべしとの忠言が記されてあった。だが、幕閣は、老中阿部正弘《あべまさひろ》ら鎖国継続派の論に押されて無視することになる。

老中首座水野忠邦は再任からわずか八か月後、弘化二年二月に辞任した。その後、三年前の高島秋帆《たかしましゅうはん》疑獄事件での監督不行き届きを理由に、水野は浜松から山形への転封《てんぽう》・蟄居《ちっきょ》の処分を受けた。それに伴い、かつての腹心の鳥居耀蔵らは幕閣から追放され、後藤三右衛門は死罪、鳥居は讃岐《さぬき》国丸亀《まるがめ》藩の京極《きょうごく》家

に、渋川六蔵は豊後国《ぶんご》臼杵藩《うすき》に預けられる厳しい処分を受けた。

水野忠邦の天保の改革を支えたひとり、元大目付の常磐秀信は再任された老中首座の命に従わず、寄合席に留まったゆえに厳罰は免れた。

もはや忠邦が、秀信が幕閣に返り咲くことなどない。

影二郎は、若菜と所帯を持ち、通い婿を演じながらも時代の変化に目を配っていた。そして、時に無聊《ぶりょう》を慰めるために剣術修行に打ち込んでいた。

だが、影二郎は古巣の鏡新明智流桃井道場にも、神道無念流斎藤弥九郎道場にも戻ることはなかった。お玉が池の北辰一刀流千葉周作道場に韮山《にらやま》代官江川太郎左衛門英龍《ざえもんひでたつ》の口利きで、

「弟子入り」

を願ったのだ。

影二郎の剣術を見た周作は、驚愕した。

このとき、周作五十八歳、その剣技は神域に達しており、影二郎は剣聖《けんせい》と呼ばれるにふさわしい剣術家と悟った。

「夏目どの、そなた、関八州をへめぐった時代があったそうな」

「はい」

と影二郎は短く答えていた。

「東国《とうごく》にそなたの名は鳴り響いておる」

「千葉先生、噂ほどあてにならぬものはございません」

「いやいや、八州に悪人輩《ばら》を始末してきた風聞、江川どのより時折り聞かされておる。そなた、桃井春蔵どのの門弟にござったな」

「不肖《ふしょう》の弟子にございました」

「およその経緯は承知しておる。そなたを門弟にはできぬ」

と千葉周作が明言した。

千葉周作は弘化二年から水戸《みと》藩藩校弘道館《こうどうかん》の師範でありながら、与力《よりき》格二百俵《ぴょう》を与えられ、斎藤弥九郎、桃井春蔵とともに幕臣に取り立てられていた。つまり三流儀の指導者は互いを承知であったのだ。

影二郎はただうなずき、

「千葉先生のお心を煩《わずら》わせ申し訳ございません」

と辞去《じきょ》するつもりで立ち上がった。

「お考え違いなさるな」

影二郎が見所《けんしょ》に座す千葉周作を見た。

「そなたの力を借りたい」

「それがしの力とは」

「客分として北辰一刀流道場の門弟らを指導して下され」

「それがし、血に塗《まみ》れた剣術家にございますぞ」

「関八州に騒乱を巻き起こし、数多くの死を手掛けたにもかかわらず、そなたの風貌には穢《けが》れがないばかりか、剣術も爽やかな風が吹き抜けておるようだ。なにがそのような顔立ちを、その剣術を作り上げたか」

「関八州をとくと承知の千葉先生にどうお答えしてよいか」

「そなたが始末した輩《やから》らは死に値すべき者どもであったか」

「千葉先生、命より重きものはこの世にございますまい。それでも命を懸けて戦うのが剣術家の宿命《さだめ》でござろう。いえ、それがしはとうてい剣術家とは申せませんが」

「どうだな、最前《さいぜん》のそれがしの提案は」

「あとで千葉先生を困らせることはございますまいか」

「八州狩りの異名《いみょう》を持つそなたにどこぞから文句が出ようかな。残念ながら、ただ今の幕府にはそなたと尋常な戦いを為すべき人士などおるまい」

と笑った周作が、

「そなたが得心《とくしん》いくようにそれがしが立ち合おうか」

と見所から立ち上がり、道場に下りると、

「栄次郎、木刀を持て」

と次男に命じた。

このときの千葉周作と夏目影二郎の立ち合いはお玉が池の語り草としてその場にいた門弟らの間で長く記憶された。

両者、相正眼《あいせいがん》で構えたまま一刻ほど互いが不動であったのだ。そのくせ、両者の体からめらめらと張り詰めた戦気が静かにも立ち上り、だれもが一瞬先になにが起こるのか固唾《かたず》を呑んで見守り、身動きひとつできなかった。

周作は重厚な構えを崩さず静にして動、ひっそりと構えた影二郎は柔にして静、互いが一歩も引かず踏み込めなかった。いや、踏み込まなかった。不動の両者は多くの剣技を見せずとも闘争心とはなにかを伝えていた。

どれほどの刻《とき》が流れたか、だれも意識しなかった。

たらりたらりと汗を流したのは立ち合う両人ではなく見詰める門弟らだった。

吸うか吐くか、呼吸の区別さえ見せなかった影二郎が、構えた木刀を静かに引き、その場に座した。すると周作も応じた。

「ご指導ありがとうございました」

影二郎が笑みの顔で周作に言った。

「動ずればどちらかが死す。動かぬゆえに、われら生きておる」

「はい」

不動の立ち合いは熱く終わり、両雄が笑い合った。

「父上」

若い声が道場に響いた。

「なぜ踏み込まれませぬ」

と怒りとともに問うたのはお玉が池の天才児千葉栄次郎だ。

「分からぬか、栄次郎」

十八歳の栄次郎が、分かりませんと応じた。すると周作が、

「ご苦労じゃが夏目影二郎どの、こやつと立ち合《お》うてくれませぬか」

と願った。

影二郎は首肯《しゅこう》し、ふたたび立ち上がった。

栄次郎が父に代わって影二郎と対決することになった。

「千葉栄次郎にございます」

「夏目影二郎にござる」

構え合った正眼の構えで新たな対決者ふたりは互いの目を睨《にら》み合った。

その瞬間、軽業師の異名を取り始めた十八歳の栄次郎が、ぴょんと横手に跳ねた。

だが、影二郎は不動の構えを崩さなかった。

一方、栄次郎は最前の場所に跳び戻り、さらに反対へと跳び、動き回った。なんとも敏捷《びんしょう》にして軽快、動きは複雑で予期できぬものを秘めていた。その動きの中から相手の隙《すき》をついて攻めに転じるのであろう。

だが、反応しない相手に栄次郎は焦《じ》れて、跳んで跳んで跳び回り、一気に死地に踏み込もうと企てた。だが、静かに立つ影二郎の四周には、目に見えない、

「壁」

があって栄次郎の踏み込みを静かに拒んでいた。

(なにくそ)

強引に飛び込もうとして見えない壁に躊躇《ちゅうちょ》した、逡巡《しゅんじゅん》した。

おっおっお

と気合を発しながら栄次郎が見えない壁を突き破ろうとして額から冷汗を流した。だが、隙が見出せなかった。

(父との対決とは違う。こちらのひとり相撲じゃぞ)

と栄次郎が思ったとき、不動の影二郎が栄次郎の動きに合わせて跳んだ。

(よしきた)

とばかり栄次郎の動きが俊敏さを取り戻し、互いが動きながら正面に来たとき、

「おりゃ」

とばかりに栄次郎の小手打ちが鋭くも影二郎の右拳を打ち砕く勢いで撃たれた。

だが、次の瞬間、栄次郎は空《くう》を切らされていた。

相手の影二郎はその場にあるにもかかわらずだ。

(なぜじゃ)

動揺を見せぬようにして今一度小手打ちを、
パンパンパーン
と三つ続けた。

栄次郎の連続した同じ技を受け止める者は玄武館にも少なかった。だが、三つの技ともに無益にも空を切らされ、体勢が崩れた。

するとふわりと間合を開けた影二郎が、最初の正眼に戻った。まるでそれまでの動きはなかったかのように息ひとつ乱していなかった。

（おのれ）

動きを止めずに相手の右手に跳び、元へ戻ると見せかけてくるりと影二郎の背後に跳んだ。だが、影二郎は正面を向いたままに動かない。

背後から栄次郎が影二郎の左脇腹を急襲した。

ふわり

とふたたび風が吹き渡り、栄次郎の脇腹打ちが決まったと思った瞬間、木刀に回されてきた木刀が合わされて弾かれ、栄次郎は数間《けん》先の床に叩きつけられていた。

玄武館道場が森閑《しんかん》とした。

次の瞬間、周作の高笑いが響いて、この瞬間、夏目影二郎は玄武館道場の客分に就いていた。

二

影二郎は甘味処の〈あらし山〉に向かいながら、尾行する者の気配を感じていた。何年もなかった感触だった。だが、この者の目には緊張はあっても殺気は感じられなかった。

後ろを警戒することもなくただ歩を進めた。相手は用事があれば間合を詰めてくると思った。

今や影二郎と若菜の間には二子がいた。

六歳の瑛太郎《えいたろう》と三歳の萌江《もえ》だ。祖母のいく、妻の若菜といっしょに浅草寺門前西仲町《にしなかちょう》に暮らしていた。祖父の添太郎《そえたろう》は萌江の誕生を見て亡くなった。

幕府の天保の改革の趣旨に沿って、緊縮節約が幾たびも叫ばれ、老舗《しにせ》の料理茶屋〈嵐山〉は、十文甘味が名物の甘味処〈十文甘味あらし山〉に模様替えして、危機を乗り越えてきた。

天保の改革は水野忠邦の退出とともに終わりを告げ、町家にはまた贅沢《ぜいたく》や娯楽を尊《たつと》ぶ気風が戻っていた。

若菜が中心になった甘味処は、値の安い甘味を階下と庭先で提供しながら、二階座敷では昔ながらの料理を客に供することにした。奉公人も増え、店は往年以上の賑わいを取り戻していた。

そんな環境で瑛太郎が六歳になり、そろそろ剣術の手ほどきを為すか、あるいは若菜の跡を継がせる商人を兼ねた料理人に育てるか、影二郎も若菜も迷っていた。

影二郎は、

「もはや武士の時代は終わった」

と考えていた。

一方、若菜は、実父が武士として生きたように、そして亭主の影二郎が剣術を生きがいにしていたように、

「武士になること」

を願っていた。

瑛太郎の瑛は、むろん影二郎の本名瑛二郎の一字から取った。

長女の萌江の名はむろん影二郎の想い人であり自害して果てた、若菜の姉でもある萌からもらったものだ。

お店の後見《こうけん》とふたりの孫の子守が役目のいく、そして、相変わらず浅草三好町の長屋に住み、気まぐれに〈あらし山〉に姿を見せる父影二郎としっかり者の母若菜にふたりの幼子、幸せを絵に描いたような暮らしが静かに続いていた。

だが、それはあくまで家庭内のことだ。

異国からの開国の要求は日一日と厳しさを増し、アメリカ東インド艦隊などが

浦賀《うらが》に来航して開国を迫ることが繰り返されていた。そして、二百五十年の惰眠《だみん》を貪《むさぼ》った幕府は無為無策に明け暮れていた。

影二郎は、いつ幕府が倒れても不思議はないと思っていた、影二郎が最後の始末旅に出た七年前より危機は増大していた。

尾行者の気配が消えた。

(勘違いであったか)

影二郎は武家地を北へと進んでいく。早くもなく遅くもない足取りだ。

不忍池《しのばずのいけ》から流れくる小川に架かる一枚橋《いちまいばし》あたりで影二郎は足を止めた。

橋の袂《たもと》に乞食と見まがう坊主が物乞いするように経《きょう》を詠《よ》んでいた。破れ笠《やれがさ》に染めの落ちた墨染《すみぞめ》の衣、足は草鞋履きだ。

喜捨《きしゃ》するかと迷いながら影二郎がその前に立ったとき、

「南蛮《なんばん》の旦那、施しを願いたい」

と先方から声がかかった。

「蝮《まむし》の幸助《こうすけ》も頭を丸めて今生《こんじょう》の行いを悔いておるか」

「悔い出したらきりがねえや」

坊主とも思えぬ言葉遣いが影二郎には懐かしかった。

国定忠治の腹心のひとり、蝮の幸助と最後に会ったのは天保十四年四月十七日、神君家康の忌日《きにち》にあたる日のことだった。

将軍家慶が催した六十七年ぶりの日光社参に影二郎も大目付常磐秀信の影目付として別行して日光の旅籠《はたご》〈いろは〉に入った。

将軍家慶を国定忠治が襲うという埒《らち》もない噂が関八州に流れ、父の命を受けて影二郎は、忠治に会う旅に出た。

幕府は忠治の脅威を大げさに喧伝《けんでん》して世間に危機感を煽《あお》り立て、国持ち大名諸家二十九家に博奕打ち、渡世人《とせいにん》、無宿者《むしゅくもの》の厳しい取り締まりを命じていた。むろん幕府の威光を示し、幕藩体制を引き締めるためだ。

その折りのことだ。

もはや国定忠治に往年の威勢もなければ、頼りになる子分も筆頭の日光の円蔵《えんぞう》を始めとして八州廻りに捕縛されたり、処刑されたりして、将軍の威光を示す行列に斬り込む余裕などないことを影二郎は承知していた。それでも念を押すようにしばらく忠治の縄張りの、

「上州盗区」

から離れて静かに潜んでおれと、蝮の幸助を通じて忠告していた。

影二郎の命を受けて、忠治は、妾と忠治の間に生まれた子を連れて盗区を離れたのだった。

父の常磐秀信はそんな影二郎に日光社参の同道を命じて、

「万が一」

に備えさせた。

ありようもない馬鹿馬鹿しい話だ。父のたっての願いを聞き入れたのは、忠治一家が斬り込むことに備えてのことではない。日光七里《しちり》村の名主の勢左衛門《せいざえもん》や旅籠〈いろは〉の女将《おかみ》のみよに会いたいがためだった。そして、江戸幕府終焉《しゅうえん》の最後の虚栄を見ておくのも悪くないかと思ってのことだった。

家慶の社参は何事もなく終わろうとしていた。

その夕暮れ、ふらりと旅籠〈いろは〉を出た影二郎は日光東照宮の神橋《しんきょう》を渡った。

たくさんの目付衆が東照宮の内外を警戒していたが、大目付常磐秀信の倅《せがれ》にして影警護の夏目影二郎のことはすでに目付衆にも知られて、だれも声をかける者はいなかった。

一文字笠に南蛮外衣《がいい》を肩にかけた着流し姿の主が、鏡新明智流桃井道場で、

「位の桃井に鬼が棲む」

と評された剣客にして、腐敗に満ちた関東取締出役、八州廻りを何人も孤剣一振で始末した人物であること、その恐ろしさを承知していたからだ。

影二郎が東照宮の広大な社地の外側を大谷川《だいやがわ》の流れに沿って行くと、馴染みの酒場があった。だが、家慶の日光滞在中、暖簾《のれん》は下げられ、客を迎えてはいなかった。

予測されたことだ。

だが、藁葺《わらぶ》き屋根の間から囲炉裏《いろり》の煙が薄く立ち上っているのを影二郎は見逃さなかった。

初夏とはいえ、日光の夜は寒かった。

影二郎は裏に回り、戸を開けて勝手に台所に入り込んだ。

「だれだえ、酒なんぞ呑ませると、こっちは停止《ちょうじ》を食らうんだよ」

という怒鳴り声が聞こえた。

影二郎は裏から店に回ると囲炉裏端に亭主の猪造《いぞう》が独りいて、酒を呑んでいた。

「主、おれも付き合うてよいか」

囲炉裏の縁に二人前の酒器と菜《さい》があるのを影二郎は見ていた。

「なんだえ、南蛮の旦那かえ」

奥の部屋から蝮の幸助の声がした。

「おめえがいるということは、忠治が日光界隈にいるということか」

「勘違いしてもらっちゃ困るぜ。おれが日光に入ったのは、南蛮の旦那と同じ、物好き根性よ。親分がどこにいなさるか、おりゃ、知らないや」

「物好きな。おれは親父孝行じゃ。間違えるな」

ふっふっふ
と笑った幸助が隣部屋の暗がりからようやく姿を見せて、今まで居た囲炉裏端の席に戻った。

影二郎は囲炉裏の燃える炎で幸助の表情を読み、腰から法城寺佐常《ほうじょうじすけつね》を抜くと、囲炉裏端の一角に腰を下ろした。すると猪造が交代で立ち、影二郎の酒の仕度を始めた。

「蝮、終わったな」

「将軍はまだ道中の最中だ」

「帰路にも忠治が斬り込んで、南蛮渡来のエンフィールド銃を射かけるというか」

「無理だな、今の親分には幼馴染の境川《さかいがわ》の安五郎《やすごろう》兄い、清五郎《せいごろう》兄いなど数人の子分しかいねえや。どいつも度胸もなければ腕が立つわけでもねえ、賭場銭《とばせん》の勘定ができるだけの兄いたちよ。まあ、親分はどこぞ遠国《おんごく》の湯治場にでも潜んでいなさるのではねえかえ」

蝮が他人事の口調で言った。

「城の御用金蔵に大した蓄えもないのにご大層な行列を組んで、その上、忠治の影に怯《おび》えての社参行列じゃ。蝮、人間落ち目にはなりたくはないものよ」

「南蛮の旦那、お上《かみ》の話か、親分への当てこすりか」

「どちらにとろうと勝手次第」

ふーん、と蝮の幸助が返事をしたとき、猪造が燗《かん》をした酒と盃を運んできた。

「夏目様、行列の先は日光の神橋を渡ったというに、後ろはまだ江戸を出てねえって噂ですが真《まこと》ですかね」

「ああ、真のことよ」

「さすがは神君家康様の子孫だね、腐っても鯛《たい》、大したものだ」

猪造の口調にも皮肉が見えた。

「だれに見せるためか、虚仮《こけ》おどしの行列を為してだれが得をいたしたか。泣いた者ばかりでなんの役にも立ちはしねえ」

「そういうことそういうこと、呆れた」

と猪造が嘆いてみせ、続けた。

「うちなんぞこれで商いができないのは十三日目だべ。日銭《ひぜに》稼ぎの呑み屋を潰す気かね」

「それで蝮と自棄酒《やけざけ》か」

「まあ、そんなところだ」

しばらく囲炉裏端に沈黙が続いて、三人は嘗《な》めるように酒を呑んだ。

「南蛮の旦那、うちの親分はいつ縄張り内に戻れるね」

「この騒ぎが終わればいつでも戻って来られないことはあるまい。だがな、八州廻りの中山誠一郎《なかやませいいちろう》、関畝四郎《せきうねしろう》は、忠治が健在のうちは追捕《ついぶ》の手を緩めることはない。あやつら、角館《かくのだて》の騙しを根に持っているからな」

「親分は一度あの場で死んだんだがな。放っておいてくれまいかねえ」

「蝮、勝手なことを言うでない。小斎《おざい》の勘助《かんすけ》殺しもさることながら、幕府は大戸《おおど》の関所をおめえらが猟師鉄砲携えて押し通った関所破り、『除《よ》け山越《やまこし》』を重く見ている。忠治が捕まれば、獄門《ごくもん》は免れまい」

「そいつは覚悟の上だ。だがな、忠治親分にも上州もんの意地があらあ。ここは一番花道を作って派手に幕引きがしたいというのが親分の本音よ」

「忠治との約定《やくじょう》で、切羽《せっぱ》詰まったときはおれが首斬り人を務めてやることになっておった。その程度では不足か」

「さあてね。ああ、そうか、南蛮の旦那が日光にわざわざ親父様の供で現われたのは親分の首を斬り落とすためか」

「まあ、さようなことにはなるまいと思うたが」

影二郎の言葉を最後に、場はまた沈黙に落ちた。三人は、燃える薪《たきぎ》の火を見つめながら黙々と酒を嘗めていた。

「南蛮の旦那、うちの親分がこれまで八州廻りから逃げ果《おお》せた理由《わけ》は何だと思うね」

「上州に威勢を張った理由か。まず忠治が二足の草鞋を履かなかったことが、上州を始め、関八州の民百姓が忠治を支持した理由であろう」

やくざ者や博奕打ちは概して関東取締出役の十手持ちを務めて、民百姓をお上の威光を振り翳《かざ》して苛《いじ》めたために評判が悪かった。だが、忠治は、渡世人一筋で、

盗区に威勢を張り続けた。また大尽や金貸しから金子《きんす》を寄進させたが、その金を困窮した人々に配ったという行為が、

「義賊」

という看板を一枚忠治に加えることになった。

「南蛮の旦那の見抜いたとおりに親分は渡世人を張り通してきなさった。だがな、それもこれも八州廻りの道案内に通じていたからできたことよ」

影二郎が蝮の幸助を睨んだ。

「そんな目で見るねえ」

「忠治は道案内から聞いて八州廻りの動きを知っていたというか」

「道案内は、お上の手先の八州廻りに忠誠を尽くしながらよ、親分がばら蒔《ま》く小判に八州廻りの動きを逐一《ちくいち》伝えていたのよ」

「おれが殺《あや》めた道案内も二足の草鞋を履いた者ばかりか」

「まあ、そうだ」

「ならば、忠治はいつだって縄張り内に戻って来られるではないか」

「そこだ」

「そこだとはなんだ」

「そんなこんなも銭があればできたことだ。今の親分は銭に困ってなさろう。とてもじゃねえがそんな懐具合で縄張りに戻ってみねえ。どうなると思うね」

「道案内が忠治を裏切り、八州廻りに捕縛させるか」

「そういうことだ」

幾たび目か、重い沈黙が囲炉裏端を支配した。

「蝮、忠治に伝えてくれまいか」

「なにをだね」

「念を押すこともないが、縄張りに戻っちゃならないとな。いっしょにいる女子《おなご》どもとどこぞで余生を過ごせと説得せよ」

「親分が聞く耳を持っていると思うてなさるか。親分の頭には国定忠治の最後の花道をどうつくって幕引きするかしかねえよ」

「それもこれも威勢を張っていた折りの力と金があればのことだ。ふたつともない上に忠治が戻ったとなれば、八州廻りの道案内が中山や関ら関東取締出役に、お恐れながらと密告するぜ」

「金の切れ目が縁の切れ目か」

「ああ、そなたが考えておるようにな」

と応じた影二郎が蝮の幸助に問うた。

「あてがあるのか」

「銭の都合か」

「五目牛《ごめうし》村の徳《とく》さんかね」

「妾のひとりだったな」

「ああ、菊池《きくち》徳さんはもとは親分の子分だった千代松《ちよまつ》兄いの後家《ごけ》だ。千代松兄いが死んだあと、一町《ちよう》六反《たん》一畝《せ》二十九歩《ぶ》の地主の菊池家の切り盛りを為す才覚もある上に商いもできる。ただ、鷙悍《しかん》の徳と呼ばれるくらい気が強いや。他の女といっしょの親分を許すかねえ」

「妾も忠治を裏切りかねないか」

「そういうことだ」

「ならば最前おれが言うたように中山誠一郎や関畝四郎の目の届かぬ上州の外で、ひっそりと暮らすよう説得するのだ」

角館で忠治と妾のおれいの身代わりになって死んだ三波川《さんばがわ》の惣六《そうろく》と女房のおせんのことを影二郎は思った。そして、忠治とおれいと赤子は生き抜いたにもかかわらず、忠治とおれいは旅の空の下で別れたという。

影二郎の言葉に蝮の幸助がしばし沈思《ちんし》したあと、
ふうっ
と大きな息を吐いた。

あの宵から七年の歳月が過ぎていた。

「南蛮の旦那、親分が四年ぶりに会津《あいづ》から上州の縄張りに戻ってきなさった」

蝮の幸助の疲れ切った顔に深い絶望と憂いがあった。

「角館とは違う妾と子連れでか」

「ああ、妾のお町《まち》さんと子連れだ」

「隠れ家はあるのか」

「昔の知り合いを頼って転々としていなさる」

「八州廻りはすでに上州に忠治が戻ったことを承知していような」

「ああ、だから、道案内にはそれなりの銭はつかませてある」

「落ち目の忠治の用意できる銭ってことは昔ほどじゃあるまい」

乞食坊主姿の幸助がうなずいた。

「国定一家の跡目《あとめ》を安五郎兄いに譲りなさった」

「八州廻りの狙いはあくまで忠治だ。安五郎に跡目を譲ったところでなんの意味もなかろう」

影二郎は〈あらし山〉に向かって歩き出した。蝮の幸助が黙って従ってきた。

「蝮、忠治が縄張りに戻ったことをおれに伝えに江戸まで出てきたか」

影二郎が後ろから従う幸助坊主を待って糺《ただ》した。長い沈黙のあと、

「親分が中気《ちゆうき》に見舞われなすった」

と乞食坊主姿の蝮の幸助が呟いた。

なに、という驚きの顔で影二郎は幸助を振り見た。

「酒を呑んでお町さんと同衾《どうきん》中のこった」

「いつのことだ」

「つい七、八日前のことだ」

「蝮、忠治に会ったか」

幸助坊主が破れ笠の顔を横に振った。

「だが、倒れなすったのは確かなことだ」

「具合はどうか」

「体が動かねえ。涎を絶えず口から垂れ流していなさるそうだ」

ふうっ
とこんどは影二郎が溜息を吐いた。

「中気はまず治らないぜ」

「ああ、弱り目に祟《たた》り目だ」

「蝮、おまえ、この夏目影二郎に首斬りを頼みに来たか」

「なにを頼みに来たのかだって分からねえよ」

幸助坊主が泣き出しそうな言葉を吐いた。

中気は不治の病と恐れられている。ともかく力と才覚で関八州を押し渡ってきた国定忠治にとって、最悪の出来事だった。影二郎は今頃、上州盗区一円に、

「忠治倒る」

の知らせが走っていることが浮かんだ。

「幸助、〈あらし山〉に行こうか。話をゆっくりと聞こう」

影二郎の言葉に幸助坊主の顔に安堵の表情が浮かんだ。

三

〈あらし山〉の湯殿に座った蝮の幸助の体は、還暦を過ぎた年寄りのように痛めつけられていた。長年の旅暮らしのせいであった。ただの旅暮らしではない。険しい追捕の手を緩めようとはしない関東取締出役中山誠一郎や関畝四郎らに追われて、常に死と隣合わせの危険の中で生きてきたのだ。

親分の国定忠治の身を守るために別行動をとりながら、独自の情報を独りの手立てで忠治に送り続けてきた。

八州廻りや道案内の御用聞きに追われて幾夜も寝ないで逃げ続け、その間には食べ物も呑み物すらもとれないことがあった。

影二郎は蝮の幸助の年齢を知らなかった。まだ不惑《ふわく》の年に達するには三つ四つ間があるはずだ。それが脇腹の骨が浮き上がり、背は丸まって、肌の色艶《いろつや》は冴《さ》えなかった。目の下に黒い隈《くま》ができていた。

それでもかかり湯を使って湯船に痩せこけた体を浸した幸助は、

「ふーうい、極楽だぜ。南蛮の旦那よ」

と安堵の声を漏らした。

〈あらし山〉に連れてこられた乞食坊主姿の男が何者か察した若菜だが、奉公人の手前、通り名を呼ぶことなく合掌して迎え、

「ささっ、お坊さま、よう思い出してくれました。うちの仏壇にお経を上げてくださいな」

とさも知り合いの僧侶のように話しかけて奥へと案内し、一方で奉公人に急ぎ湯を立てるように命じたのだ。

湯が沸く間、幸助は若菜の座敷で瑛太郎と萌江の遊び相手を嬉しそうに務めてくれた。幸助はなかなかの芸達者でわらべ歌を歌ってみせたり、鳥や動物の鳴き声を真似てみせたり、萌江を大いに喜ばせた。

瑛太郎は、父親が連れてきた人物に事情があると子どもながらに察したらしく、幸助の芸を喜びつつもどこか不安げに見詰めていた。

一頻《ひとしき》り鳥の鳴き声を演じた幸助が、

「南蛮の旦那に、かようにも可愛い子がふたりもいるなんて信じられないぜ。これこそ驚き桃の木山椒《さんしょ》の木だ」

「無頼の者に子はないほうがいいというか」

「それをいうならば親分だ。親分があちらこちらの女に何人子を産ませたのか、このおれさえ知りゃしねえ」

「幸助、おめえもどこぞの女子衆に子を産ませているんじゃないのか」

「渡世人は生涯独り身と考えてな、飯盛り女くらいとしか肌を接しなかったのさ。商売女が子を生《な》すわけもなし、おれの子はどこにもいねえよ」

「お坊さんの話じゃないわね、幸助さん」

若菜の声がしてふたりに湯が沸いたことが伝えられた。

影二郎もいっしょに湯殿に行くと幸助が、

「えっ、南蛮の旦那がいっしょに入ってくれるのか」

「忠治とは箱根の湯以来、会うときは必ず湯船の中だ。草津《くさつ》の湯じゃ、八州廻りに追われて湯殿の梁《はり》に真っ裸で隠れたこともあったぜ。あんときは若菜もいたな」

ふっふっふふ
と若菜と幸助が思い出し笑いをし、脱衣場から洗い場にふたりの男が向かった。

かかり湯の前に座った幸助の背に小桶で少し温《ぬる》めの湯を影二郎がかけてやった。

すると幸助の背が竦《すく》んだように固まり、その後、小刻みに震え出した。

影二郎は幸助が泣いていることに気付かない振りをして何杯もかかり湯をかけたあと、

「湯船に浸かれ」

と命じた。そして、自らもかかり湯を使い、幸助の涙を見ないようにした。

ふたりは湯船に身を浸けて、空白の歳月を思い浮かべ、ただじいっと湯を楽しんでいた。

「子がふたりもできて里心《さとごころ》が出てよ、もはや無頼旅なんぞできまい」

「正直言うとな、ここいらですっぱりと刀を捨て、一文字笠と南蛮外衣を納屋に仕舞い込み、板頭《いたがしら》の弘三郎《こうざぶろう》に料理を習って堅気《かたぎ》になるのも悪くないかとも考える」

「なぜそうしなさらねえ」

「蝮、おめえが尋ねるか。無頼の垢《あか》をたっぷりと溜め込んだ者は堅気には戻れはしまい。おれが殺《あや》めた者たちがそんなことを許すわけもない。おめえが野山に伏して八州廻りから逃げ回ってきたように、おれの前にもいつ、仇《かたき》と狙う者が姿を見せるか知れはしまい」

「それで南蛮の旦那は、若菜さんと所帯を持ち、可愛い子を生したにもかかわらず、長屋暮らしを続けているのか」

「そういうことだ」

「あかはどうしたえ」

「おいぼれになったが長屋でなんとか生きている。もはや旅には連れていけないな」

「ああ、旅暮らしは年老いた者にはしんどいし辛いものな」

「関八州に名を馳せた国定忠治の腹心が愚痴をこぼすようになっちゃおしまいだ。そうは思わないか」

「思うさ。もっとも八州狩りと恐れられた南蛮の旦那だって」

「女房がいて子がいると言いたいか」

ふたりは最前から同じことを繰り返していた。

蝮の幸助が一夜の宿を願って姿を見せたとは影二郎は思っていない。忠治に差し迫った事態が発生したからこそ、こうして危険を顧みず江戸に出てきたのだ。中気で倒れただけなのか、それが分からなかった。

蝮の幸助もまた迷っていた。

若菜といっしょに暮らしているとは察していたが、瑛太郎と萌江がいて、ばば様のいくがいる身の影二郎を見たとき、道中幾たびも考えてきた言葉を言い出せないでいた。

「蝮、おれに願い事があれば申せ」

「そんなつもりは」

「ないはずがなかろう。わざわざ身の危険を冒しておれに会いに来たのだ。話次第では昔の誼《よしみ》で聞こうじゃないか」

影二郎の誘いかけにもなかなか口を開こうとはしなかった。

「まあいい。この家で体を休めているうちにその気になったら話せ」

「そんな余裕などありゃしねえ」

何度目か、幸助は沈黙した。そして、両手で湯を掬《すく》って、陽に灼《や》け深い皺《しわ》が刻まれた顔をごしごしと洗った。

「中気に倒れた者が元の体に戻るわけもない」

「何度同じ言葉を繰り返すのだ」

幸助が影二郎の顔を見た。影二郎と幸助は並んで湯船に浸かっていたから、幸助には影二郎の横顔しか見えなかった。

「大前田英五郎《おおまえだえいごろう》親分に会った」

とぽつんと幸助が呟いた。

大前田英五郎とは、あれほど関八州を旅して歩いたにもかかわらず、影二郎は知り合う機会がなかった。

上野国《こうずけ》大前田村に寛政《かんせい》五年（一七九三）に生まれた英五郎の本姓は田島《たじま》だ。祖父は名主を務めたほどの人望家であったが、父の久五郎《ひさごろう》は博奕好きで侠客《きょうかく》になった。その影響もあってか、英五郎は若くして任侠《にんきょう》の道を志す。

侠客としての初舞台は英五郎十五歳のときだ。

武州仁手村《ぶしゅうにって》の清五郎が父親の縄張り内に賭場を開いた。

この折り、独り英五郎は清五郎の賭場に殴り込み、数人を殺傷して清五郎一家の賭場を潰した。八州廻りに追われる身になった英五郎は、諸国を遍歴して渡世人として経験を積んだ。

一方で剣術家角田常八《かくたつねはち》に浅山一伝《あさやまいちでん》流を習い、その腕っぷしの強さと気風《きっぷ》のよさから父の跡目を継いで一家を構えることになった。

大前田村と国定村はそう離れてはいない。

だが、英五郎が忠治よりも十七ほど年上で、忠治が売り出したときには、英五郎は、大場久八《だいばのきゅうはち》、丹波屋伝兵衛《たんばやでんべえ》と並んで、

「上州の三親分」

とすでにその筋で崇《あが》められる存在だった。

忠治が英五郎と知り合ったのは、忠治が文政《ぶんせい》九年（一八二六）に人を斬った折り、英五郎を頼ったのがきっかけと思われる。忠治十七歳、英五郎三十四歳の男盛りだった。

以来、忠治は英五郎と親しい交わりを為してきた。

影二郎が英五郎と会う機会がなかったのは、すでに一家を為した英五郎が関東取締出役とは巧妙な付き合いを為して八州廻りに付け入る隙を見せなかったからかもしれない。それと英五郎の二足の草鞋を履く生き方が影二郎と会うことを拒んできた。

ともあれ、影二郎は大前田英五郎とは面識がなかったが、侠客として押しも押されもせぬことを十分承知していた。

「英五郎がなんぞおまえに言付《ことづ》けたか」

「そうじゃねえ。大前田の親分は、うちの親分が中気に倒れたと耳にしなさったとき、すぐに書状を書いて親分に届けたそうだ」

上州の渡世人たちは意外にも結構な数の者が読み書きができた。英五郎も忠治も無筆ではない。

「最前から繰り返すがよ、中気は不治の病ともいわれるほどゆえ、治す薬も医者もいない。もうこうなったら、八州廻りのお縄にかかる前に自らを処することが国定忠治の名を汚さない最後の途《みち》、肝心なことだって文を書き送ったそうだ」

年上の英五郎が自裁《じさい》を勧めたという。

「忠治の反応はどうだったのだ」

ふうっ、と幸助が大きな息を吐いた。

「親分はこの世に未練を残していなさる。病に倒れて却って命が惜しくなったか、弱気になったか、ともかく自裁する気はないそうだ」

幸助の言葉は哀しげに湯殿に響いた。

「親分は南蛮渡来の短筒を懐に隠し持っていなさる。不じゆうな手でも南蛮短筒ならば、そう難しくなく身の始末はできよう」

「幸助、忠治になぜ会わぬ」

「ただ今親分の周りは幼馴染の者ばかりで固めてやがる。おれのような半端者が会いに行くのをよしとしねえんだ。ただ今の国定一家は、利根川の流れに浮かぶ泥船だぜ。いつ沈んでもおかしかねえ。安五郎の兄いが親分の跡目なんぞを継げるわけもねえや、かたちばかりのことだ。おりゃ、威勢のよかった親分のままに終わりを全うしてほしいのさ」

「蝮、おれは忠治に最期の折りは、あやつの素っ首《そっくび》を落とすと約定した。だがな、中気に倒れた忠治の首を落とす刀は持ってない」

「分かっているって」

「じゃあ、なぜそれがしに会いに来た」

「親分が中気に倒れたことは上州じゅうに知れ渡っている。戸板の上に寝かされて隠れ家から隠れ家へと渡り歩いたって、いずれ道案内の耳に入り、八州廻りの中山誠一郎の旦那や関畝四郎の旦那が捕り物仕度で踏み込んでくる。おりゃ、そんな話を聞きたかねえ」

「それで江戸に出てきたか」

影二郎の問いに顔をそむけた幸助は答えなかった。幸助の目から滂沱《ぼうだ》と涙が流れているのを影二郎は察していた。

沈黙が湯殿を支配した。

「おれが忠治親分に初めて会ったのは、今から二十年以上も前のことでよ、国定村の隣村田部井《ためがい》村で賭場を仕切ってなさった親分の颯爽《さっそう》とした様子を見たときのことだ。二十歳にもならねえ親分の体からよ、大物になる匂いが漂ってきてよ、こりゃ、いずれ大親分になる人だと思ったね。ともかく若い渡世人がさ、堅気の衆には優しく、同業の者には厳しかったね。博徒たるもの、堅気を泣かすんじゃない。一物もとることを許さなかったんだ。子分も、父親や兄貴が同伴してどうしてもと頼まれたときにだけ受け入れたんだ」

「それで親分子分の誓いを願ったか」

「ああ、賭場の帰りに銭箱担がされて国定村に戻ったときに願ったよ。そんとき、親兄弟はいないというと、親分がおれの面《つら》を初めて正面から見たね」

「蝮、おまえはいくつだった」

「さあて、十四、五だったかね。親父もお袋も死んで、姉ちゃんふたりは女衒《ぜげん》に売られてどこぞの飯盛り女で生きているって聞いたばかりのころだ」

「忠治は親兄弟のいないおまえの頼みを聞いたか」

「おれはなりが小さいからな。あと二、三年してから来いと言われてよ、五両の金を渡された。おりゃ、恨んだぜ」

影二郎は黙って幸助を見た。

「五両ありゃ、姉ちゃんのひとりは女郎にならなくて済んだかもしれないや。だがな、親分はうちのことなんぞなにも知りはしないんだ。小僧に五両をぽーいと渡してくれる親分が眩《まぶ》しかったよ」

「忠治はそんとき、おまえになんと言って五両の大金を渡したな」

「なにも」

「博奕に使ったか」

「いや、旅をして回った。小僧が呑み食いするだけの暮らしだ、旅籠に泊まるわけでもなし、二年ほど持ったかね。江戸にも行った。銭がなくなって国定村に親分を訪ねていったんだが、親分は国定村にはいなされなかった。それで弟の友蔵《ともぞう》さんに事情を説明するとよ、しばらくうちにいな、と寝泊まりさせてくれたんだ。それから数日したころ、すっかり貫禄がついた親分が姿を見せてな、別れて以来の話を洗いざらい喋《しゃべ》らされたのよ」

「五両の金で旅をした話をか」

「ああ、それを聞いた親分が友蔵さんにも『こやつ、この家でごろごろして過ごしていたか』と聞いてよ、友蔵さんが、『兄さん、そうじゃねえ、独楽鼠《こまねずみ》みたいに自分でよ、仕事を探して、薪割《まきわ》りから家の内外の掃除までこなすだ』と答えると、親分が、『博徒にするには惜しい、勿体《もったい》ねえ』と答えなさってな、おれに

『今でも半端者の博奕打ちになりたいか』と尋ねられたのよ」

「それで」

「おれがうなずくと、親分が『五両の金を二年持たせて旅をし、見聞して回るなんぞは博徒のすることじゃねえ。おまえがどうしてもおれの子分になりたいというならば、一家とは別の務めになるがいいか』と質されなすった。それで、『おれはなにをするんですね』と問い返すと、これまでと同じ暮らしよ、と応じなさって、おれに博徒とはいささか違う務めを命じなされた」

「八州廻りの動静や道案内の評判を見極めることではないか」

「さすがに長い付き合いの南蛮の旦那だ。あっさりと親分の考えを見抜きなさったね」

「八州廻りの動静や評判を知ってなければ、忠治とてこの歳まで生きてはこられなかったろう。そなたがおれの前に姿を見せ始めたときから、こちらの動きも忠治に筒抜けにご注進していたか」

「さあて、それはどうかな」

と幸助が曖昧《あいまい》な返事をした。

「旦那には、正直驚かされたぜ。独りでよ、評判の悪い八州廻りの峰岸平九郎《みねぎしへいくろう》に始まって、尾坂孔内《おさかこうない》、火野初蔵《ひのはつぞう》、数原由松《かずはらよしまつ》、足木孫十郎《あしぎまごじゅうろう》、竹垣権乃丞《たけがきごんのじょう》ら六人をあっさりと始末してしまったんだからな。おれたちは取り締まる側の八州廻りの評判が悪いほど賭場は勝手次第に開けるし、客も集まる。それがさ、南蛮の旦那にああ容易《たやす》く片づけられるとよ、お手上げだ。水清ければ魚棲まずというじゃないか、こっちの商売は上がったりだ」

と嘆いてみせ、

「それがしが赤城山の砦《とりで》を訪ねたとき、ひどい目に遭わされたぜ」

と影二郎が切り返した。

「銀煙管《ぎんギセル》の卯吉《うきち》の口車に砦では乗せられたんだ」

「だれが味方か敵か分からず痛めつけるのは感心せぬな」

「親分や日光の円蔵兄貴は、おまえさんの正体を見極めようとなされていたんだ。それによ、あのことがあればこそ、夏目影二郎と国定忠治は無二《むに》の付き合いがなったんじゃないか」

「蝮、勝手を言うな」

「おれは国定一家にあって子分のようで子分じゃない。親分の耳目《じもく》になって、関八州の動きを調べてきた。それだけの暮らししかできなかったのよ」

と幸助が答えたとき、

「ずいぶんと長湯ですね」

という若菜の声が脱衣場でして、

「お客人がお見えですよ」

と言い添えた。

「南蛮の旦那、客人があったのか」

「おまえの顔なじみだ。心配するな」

「ほう、顔なじみね」

と幸助が考える表情を見せた。

「最後にもう一度念を押しておこうか」

「なんだね」

「おまえがおれに会いに来た理由はなんだえ」

「南蛮の旦那、最前の答えを繰り返すしかねえ」

「やっぱりおまえはおれに忠治の首を落としてくれと願いに来たんじゃないか。

大前田英五郎と同じように。八州廻りに捕縛される前にな」

「できるか」

と蝮の幸助が尋ねた。

影二郎は湯船から立ち上がって洗い場に出た。長湯のせいで全身が赤く染まっていた。

「忠治の耳目を務めてきたおまえだ。忠治が八州の、中山誠一郎や関畝四郎の手に落ちるまでにはどれほどの猶予があるとみておるな」

「せいぜい十五日」

「中気に倒れて何日が過ぎたと言ったか」

幸助が指を折って数え、

「八日」

と答えた。

四

座敷には久しぶりに夏目影二郎に呼ばれた菱沼《ひしぬま》喜《き》十郎《じゆうろう》・おこま親子が待っていた。坊主頭の蝮の幸助を見た親子も、菱沼たちが影二郎の客だと知った幸助も互いが驚きの表情で見つめ合い、

「菱沼の旦那と水芸人のおこまさん親子だったか」

「なんと幸助さん、殊勝《しゆしよう》にも仏門に入られましたか」

と互いが言い合った。

むろん正体を知り合った仲だ。

天保の改革が老中首座水野忠邦の失脚で挫折したあと、その後ろ盾で大目付にまで昇り詰めていた常磐秀信も身を退《ひ》いた。

その折り、常磐秀信の監察方《かんさつがた》として、影二郎と助け合い、影御用に従っていた菱沼親子も大目付支配下ながら無役三十俵二人扶持《ぶち》に戻って、ただ今の幕府では忘れられた存在になっていた。

長湯をして顔だけてかてかと光った幸助は、若菜が用意してくれた浴衣《ゆかた》に着かえて、さっぱりしていた。それだけに痩せこけ、頬が落ちた容姿が目立った。

親子は坊主頭が関東取締出役から逃げるための変装と即座に理解した。

「南蛮の旦那、おれを菱沼の旦那に引き渡そうってことか」

「落ち目のおめえを引き渡されたら、喜十郎とおこまも迷惑であろう」

影二郎が応じて、ふたりは空いていた席にひとまず腰を落ち着けた。

「何年ぶりかしら、蝮の幸助さん」

「おこまさんよ、ただ今は旅の修行僧幸善坊《こうぜんぼう》だぜ」

「はいはい、幸善さん」

若菜がすぐに茶を運んできて、

「お話があるんでしょ。膳はそのあとでいいわね」

と四人に言いかけ、影二郎のうなずきに座敷を下がっていった。

〈あらし山〉の奥座敷、家族のための座敷にふたたび四人だけになった。だれにも煩《わずら》わされることはない。

「喜十郎、おこま、忠治が上州の縄張り、盗区に戻ったことは承知であろう」

という言葉に親子がうなずき、その顔に緊張が漂った。

「八日前、忠治が妾のお町の家で倒れたそうな。中気だ、独りでは身動きできないそうだ」

おこまが小さな驚きの声を漏らし、親子の表情がさらに険しく変わった。

影二郎の前置きに幸助がこれまでの経緯《いきさつ》を繰り返した。

話し終わるのにおよそ四半刻《しはんとき》（三十分）を要した。

影二郎が時折り、幸助の纏《まと》まりのないだらだら話に口を挟んで本論に戻したりしたために時がかかったのだ。

その間、菱沼父娘は全く一言も口を差し挟まなかった。

ただ唐突に話が終わったとき、しばしの間をおいて喜十郎が歎声《たんせい》のような息を吐いた。さらに間があっておこまが、

「影二郎様、蝮の幸助さんは親分の病を知らせに参られたのでございますか」

と当人ではなく影二郎に尋ねた。

「幸助は早晩忠治が中山誠一郎や関畝四郎ら、八州廻りに捕まると確信して居たたまれなくなり、昔馴染みのおれに話しに来たようだ」

「ただ話を聞いてもらうためだけではございますまい」

おこまが突っ込んだ。

「当人もどうしていいのか分からないというのが本心らしい」

菱沼父娘は、影二郎と忠治にひそかに信頼関係があり、忠治の最期には首を斬ることを約定していることを承知していた。だが、その約定も常磐秀信が幕閣から身を退いたときに終わっていると考えられた。

もはや水野忠邦の天保の改革など過ぎ去った昔話として江戸では忘れられた存在だった。

影二郎も若菜と所帯を持ち、ふたりの子があった。

菱沼親子も大目付支配下として役宅に住み、同心並みの俸給を頂戴してひっそり暮らし、無聊《ぶりよう》を託《かこ》ちながら静かな歳月を過ごしていた。この間におこまは喜十郎の同輩の倅と所帯を持つ話があったようだが、

「この歳で他家に嫁ぐのはしんどうございます。父上の元で過ごします」

と断ったという話が若菜を通じて影二郎の耳に入っていた。

「幸助の心情を察するに、昔馴染みに一代の大博徒の最期を見届けてくれないか、と頼みに来たというところが本心ではないか。のう、幸助」

と最後は幸助に言葉を振った。

だが、幸助はただ曖昧にうなずいただけだった。

「影二郎様は、どういうお考えで私どもをお呼びになられたのでございますか」

おこまが質した。

「もはや楽隠居の喜十郎に汗を掻いてもらうこともあるまいとは思うたが、忠治の最期を見届けるのもわれらの務めかと余計なことを考えた。喜十郎、おこま、迷惑であったか」

「影二郎様、日々無聊を託っておるのは影二郎様とてわれら親子とて同じことにございます。国定忠治が中気で倒れるなど努々《ゆめゆめ》考えもしませんでした」

喜十郎が正直な気持ちを吐露し、言葉を継いだ。

「暇に飽かして稀代《きだい》の博徒国定忠治がやった数々の功罪を考えますとき、功か罪かは存じませんが、徳川家康様以来続いてきた幕藩体制の大本をかき乱し、いつ倒壊してもいいように幕府のお膝元の関八州をがたがたに揺るがしてしまったことだけは確かにございましょう。その一点からいえば、忠治が神君家康様が礎《いしずえ》を築いた幕府をほぼ潰したというても過言ではございますまい。となると、われら昔馴染み打ちそろって、最期を見届ける義理くらいあってもよかろうと存じます」

喜十郎の言葉に、ぱあっ、と蝮の幸助の顔が明るくなった。

「父上、もはや私どもにはなんの後ろ盾もございません」

おこまの言葉には期待と危惧が半ばしていた。

「ああ、それも承知だ。でもな、江戸の役宅で一年じゅう同じ暮らしを送っているのにもいささか飽きた。そうではないか、おこま」

「影二郎様のお誘いに乗り、上州にまた旅しようと申されますので」

「嫌か、おこま」

「老いた父を独りで行かせるわけにはいきますまい」

とおこまが言い、

「喜十郎、おこま、われら、関八州のみならずこの国の西へ東へと無頼旅を続けた間柄だ。流浪人《さすらいびと》の無頼の御用の真の意義を確かめるために、忠治の最期を見届ける酔狂《すいきょう》があってもよいかとな、そなたらを誘ったのだ」

影二郎は本心を吐露した。

「ありがたいお誘いでございます」

喜十郎の返答に蝮の幸助の目が潤んだ。それを見ぬようにした喜十郎が、

「幸助、そなたにとって険しく辛い旅になるかもしれぬぞ」

と念を押した。

「ああ、最後の旅だ。親分の最期は、おめえさん方が言われるようにしっかりと見届けたい。おれも命を失うかもしれねえが、それがおれに課せられた役目のような気がした。もやもやとした気持ちがさ、おめえさん方の話を聞いてすっきりとした」

「蝮の幸助さん、念を押すけど、忠治親分がもはや安穏《あんのん》に暮らす手立てはどこにも残ってないのね」

「おこまさん、ねえよ。ただ今の親分は己の身もままならず銭もないときた。上

州の縄張り内で威勢を張れたのも力と金があったからだ。そいつを知る大前田英五郎親分がうちの親分に自裁をと勧めたほどだ。英五郎親分は、引き際を大事にしろとうちの親分に忠言されたんだが、もはや親分はそのことを判断する頭がねえや」

しばし沈黙が続いたあと、影二郎が若菜を呼んで酒肴《しゅこう》の仕度をさせた。

膳が若菜の手で運ばれてきて、若菜が幸助、喜十郎、おこま、そして亭主の盃に酒を満たし、

「あとは皆さんで」

と言い残してまた姿を消した。

その背に不安があることをおこまは見ていた。

七年来、若菜の傍らで静かに暮らしていた亭主がふたたび騒乱の地に無頼の旅に赴《おもむ》こうとしているのを、若菜は案じていた。もはや影二郎ら三人に幕府の後ろ盾はないのだ。

「国定忠治の最期を見届けるということは、幕府の幕引きを見る旅だということかもしれぬ。そう思わぬか、喜十郎」

「七年前、あれだけ大騒ぎして大金を費消《ひしょう》して行った日光社参の功徳《くどく》はなにも

ございませんでしたな。思い起こせば、あの日光社参で神君家康様の神通力《じんずうりき》は使い果たしました。いえ、すでになんの力も残っていなかったのかもしれない。二百年以上も前に亡くなった家康様の名を借りねばならぬほど、幕府は貧《ひん》していたのでございましょう。役宅に逼塞《ひっそく》しておると、同輩の言動にそのことがよう分かります」

「呑もうか」

と影二郎が喜十郎を制して、四人はそれぞれ違った感慨を胸に秘め、盃の酒を呑みほした。

次の日、影二郎は浅草新町《あさくさしんちょう》に長吏《ちょうり》の頭《かしら》にして座頭《ざとう》、猿楽《さるがく》、陰陽師《おんみょうじ》、壁塗《かべぬり》、土鍋師《どなべし》、鋳物師《いものし》、猿引《さるひき》、弦差《つるさし》、放下師《ほうかし》、笠縫《かさぬい》、渡守《わたしもり》、石切《いしきり》など二十九職を束ねる浅草弾左衛門《だんざえもん》を訪ねた。

享保《きょうほう》四年（一七一九）に謎に満ちた弾左衛門が町奉行に提出した「由緒書」によれば、

「私先祖摂津国池田より相州鎌倉へ罷下相勤候処、長吏以下の者依為強勢、私先祖に支配被為仰付候」

とあった。鎌倉幕府に呼ばれ、勤めたので鎌倉弾左衛門と呼ばれていたというわけだ。招《しょう》聘《へい》されたその理由は、

「時之御太鼓、御陣太鼓並御陣御用皮細工入用は頂戴仕」

と今ひとつ、

「御仕置もの一件之御役目相勤申候」

とあった。

つまり代々弾左衛門は、皮革類の製造と仕置の執行が務めであり、江戸時代になってもそれらの生業は弾左衛門の領分として続き、莫大な収入を約束されていた。

当代の弾左衛門は、影二郎が無頼に落ちたとき以来の付き合いで、関八州の無

頼旅をしている折り、弾左衛門の支配する流《ぐ》れ宿《やど》で休ませてもらったり、その宿を連絡《つなぎ》場所として利用させてもらったりしてきた。

「弾左衛門様、無沙汰をして申し訳ござらぬ」

と挨拶する影二郎に、

「珍しいお方がお見えになったものよ。この弾左衛門がそなたさまの訪《おとな》いの理由、当ててみましょうか」

「弾左衛門様のもとにはすでに忠治の一件、伝わってきましたか」

「中気じゃそうな」

弾左衛門はあっさりと忠治の近況を承知していた。

「身動きのかなわぬ体では、さすがの忠治もどうにもなりますまい。早晩《そうばん》関東取締出役に捕縛されましょう」

「一代の英傑も中気には勝てませぬな」

「大前田英五郎親分が文を遣わして自裁を勧めたようですが、忠治はその忠言を拒んでおります。もはや上州には忠治を助ける者はおりますまい」

「それでも影二郎どのが出向くと申されますか」

「弾左衛門様、老中首座であった水野忠邦様が失脚し、父が大目付を辞したただ今の私にはなんの力もございません。それでも忠治の最期を見取る義理くらいはございますまいか。忠治の最期を見取ることは幕府の最後を見取ることと同じと思うて出かけようと考えました」

「それでこの私に挨拶をと申されますか」

「昔、使わせてもらった一文字笠を、弾左衛門様の手形として利用させてもらってようございますか」

影二郎がわざわざ断った一文字笠には、意味があった。

吉原の遊女萌を自裁に追い込んだ香具師《やし》にして十手持ちの二足の草鞋を履く聖天の仏七を影二郎が叩き斬って小伝馬町の牢屋敷に押し込められ、流人《るにん》船を待つ間に実父の常磐秀信から影御用を条件に放免されたあと、

「そなたさまも私どもといっしょの影の世界に生きていかれますか」

と言いながら弾左衛門が影二郎に贈ってくれたものだ。

渋《しぶ》が塗り重ねられた笠の裏に、
江戸鳥越《とりごえ》住人之許
との意味の梵字《ぼんじ》が書かれてあって、弾左衛門の支配する人脈を手形代わりに使うことが許されていた。だが、この七年余り使っていない。ために改めて断りに

弾左衛門に面会をしたのだ。

「それは一向に構いませぬが、影二郎どの、国定忠治をどうなさろうとしておられますな」

「最前も申しました。あやつの最期をこの目で確かめたいだけにございます」

「ならば申し上げます。忠治のただ今をどこまで承知にございますか」

「忠治の子分のひとりがそれがしに知らせてくれたもので、妾の町の家で同衾中に倒れ、口が利けず、体も自分では身動きつかない。その程度のことです」

「ただ今の忠治にとって一番頼りになるのは、妾の徳にございましょう」

「鷙悍《しかん》の徳と呼ばれ、なかなか気の強い後家にございますそうな」

「影二郎どの、ただの気が強い女ではございません。自らの生まれ在所《ざいしょ》の五目牛村の財産と田んぼはさほどございませんが、所帯を持った菊池千代松の実家の田畑は一町六反一畝二十九歩もございましてな、この田地田畑財産を徳が亭主の千代松存命の折りから管理運用していたのでございますよ。忠治と菊池徳が知り合ったのは亭主の死んだあとのことで、徳三十五歳であったそうな。ただ今の忠治の周りには、この菊池徳しか頼りになる者はおりますまい。ところが、忠治が倒れた場所が悪かった。徳と反目し合う妾の町の家でのこと、それも酒を呑んで同衾中のことです。町に呼ばれた境川安五郎らは鳩首《きゆうしゆ》会談の末に徳の家しか忠治を匿《かくま》う場所はないと、ひそやかに戸板に乗せて運んでいき、徳には『親分は道中で倒れた』と虚言《きよげん》を弄《ろう》したのでございますよ。だが、才気煥発《さいきかんぱつ》な徳が気付かないはずはない。激高《げつこう》した徳に『町のもとへ帰りやがれ』と叩きだされたそうな」

当たり前のことだが、浅草弾左衛門の情報網は素早く的確に機能していた。影二郎よりしっかりと近況まで承知している。

「私が知るのは、田部井村の名主西野目宇右衛門《にしのめうえもん》宅に移されたところまでです。影二郎どのが関八州から遠のいたこの近年に磯沼《いそぬま》の浚渫《しゆんせつ》など忠治と助け合いながら、本来幕府がやるべき御用を務めてきた人物にございますよ。今ではまた別の隠れ家に引き移らされておりましょう」

「引き移る先があるならば、忠治も差し当たってひと安心にございますか」

「さあてな、影二郎どのに申し上げることもないが、関所破りの悪党の国定忠治を匿うことがどれほどの罪に値するかご存じですな」

影二郎はうなずいた。

公事方御定書《くじかたおさだめがき》には、

「悪党者と存じながら宿いたし、又は五十七日宛逗留《とうりゆう》仕り候者、重き追放」

とあり、この条項には付帯要件があって、

「ただし悪党者磔に行われ候は、宿致し候者死罪」

と厳しい定めがあった。

この公事方御定書のいちばんの狙いが国定忠治を指しているのは言うまでもない。

「上州の昔馴染みが忠治をいつまで匿い切れるか。そう長いことではございますまい」

と弾左衛門は言い切った。そして、

「八州廻りの道案内どもが金の切れ目に裏切るのは目に見えたことにございますよ」

と弾左衛門も蝮の幸助と同じ見解を述べた。

「影二郎どの、これまでの付き合いから忠治に別れを告げに行かれるのはよい。ところで私になんぞ注文がございますかな」

弾左衛門がやがて忠治が捕まることを前提にして尋ねた。

「注文とおっしゃいますと」

「影二郎どのはこれまでの忠治との付き合いから、最期の折りは首を刎《は》ねる役目をすると忠治に宣言されておられましたな」

「弾左衛門様はよう承知にございますな」

影二郎の言葉に弾左衛門は無表情でうなずき、

「忠治が八州廻りに捕まったとしたら、どのようなことが起こると思われますかな」

「まず忠治の取り調べがなされ、忠治の周りの子分や妾、さらには匿った者たちの捕縛が行われましょう」

「上州盗区を縄張りにして二十年以上も関八州から会津と逃げ回り、荒らし回った忠治一家にございますよ。お縄になる主だった者の数は二十人や三十人ではききますまい。まず忠治をどこに押し込めるか、幕府が頭を痛めることになります」

「忠治が捕まったのち、牢を襲うほど気概を持った子分は残っておりますまい」

「残っておりませんな」

「となると、牢などどこでもようございましょう」

「天下の国定忠治を幕府が召し捕ったのですぞ。大悪党を捕まえたと世間に大《おお》仰《ぎょう》に喧伝《けんでん》することこそ、幕府がまず最初にやりそうなこととは思われませぬか。

忠治を実体以上に大きく見せることで幕府の威光を世間に見せつけるというわけでございますよ」

「日光社参に家康様の名と力を借りたように、国定忠治捕縛で幕府が健在、政《まつりごと》が正常に執り行われておるという見世物を演じようというわけですか」

「いかにもさよう」

「ばかげた話にございます」

「と申される影二郎どのとて、国定忠治が八州廻りにお縄になったと知ったら、博徒忠治の花道を飾ってやろうと動かれるのではございませんかな」

「さあて、そこまで考えてはおりませぬ」

と答えた影二郎だが、蝮の幸助のほんとうの気持ちは弾左衛門が見抜いたことといっしょだと考えていた。

「さあて、影二郎どの。忠治のお裁きはどこで行われると思われますな」

「捕まった場所によりましょうな」

「いえ、どこで捕まろうと、この江戸でお裁きが行われます」

影二郎にとって予想外のことだった。

「忠治がこの江戸に連れてこられますので」

影二郎が考えもつかなかったことだ。

「その折り捕まった一統といっしょにね。忠治が江戸で裁かれることが最前申した見世物の一環に通じるものなんでございますよ」

「となると、処刑もこの江戸でございますか」

「いえ、そうではございますまい。私の勘では大戸の関所近くに処刑場が設けられましょうな」

忠治は病の身で盗区から江戸までの往復を強いられると弾左衛門は言うのだ。

「さてさて」

と漏らしたが弾左衛門の口から新たな言葉は聞けなかった。

第二章　盗区騒乱

一

　影二郎と坊主姿の幸助の両人は、影二郎が弾左衛門に挨拶した日の翌日、浅草寺門前西仲町の〈あらし山〉を、若菜に見送られて板橋宿《いたばし》へと向かった。旅の慣らわしに従って七つ（午前四時）発ちであった。

　浅草三好町の市兵衛長屋に戻った影二郎は、このところ出番のなかった通行手形代わりの一文字笠に南蛮外衣を持ち出し、長屋の連中に年老いたあかの面倒を願った。浅草弾左衛門屋敷を訪ねたあとのことだ。

「えっ、また旅に出るのか」

と棒手振《ぼてふ》りの杉次《すぎじ》が驚きの顔で見た。

「ちょいと曰《いわ》くがあってな」

「よしなよしな。旦那はもう独り者じゃねえ。可愛い瑛太郎ちゃんと萌江ちゃんがいてよ、おかみさんの若菜さんに婆さんもおめえを頼りにしていなさる。いつまでも独りこの長屋に住むってのが間違いのもとだ。あちらが長屋住まいというわけじゃないんだ、浅草寺の門前で老舗の料理茶屋にして甘味処の大きな建物と敷地があらあ。おまえさんとあかが住まうところはいくらもある。大体よ、歳を考えな。物見遊山《ものみゆさん》の道中ではあるまい、渡世人と同じような無頼旅をするのはしんどいぜ」

「まったくだよ。女房子どもを泣かすことはよしなよしな」

と口々に女子衆も影二郎に翻意を促《うなが》した。

だが、影二郎は長屋の連中の忠告をありがたく聞きながらも、南蛮外衣と一文字笠を庭先に干した。

「考えを変える気はないのだな」

「すまぬ。これが最後の旅だ」

「どこへ行こうというんだね、行き先くらい教えてくれたってよさそうなものじゃないか。あかになんぞあっても連絡《つなぎ》のつけようもないよ」

市兵衛が堪《こら》えきれないといった表情で言いだした。

「大家どの、連絡があれば〈あらし山〉に願う」

「わしら風情《ふぜい》には行き先も教えられないってか」

と杉次がすねた口調で言った。

「そうではないのだ」

「なら言いねえ」

「ご一統、ならば申すがここで聞いたことは忘れてくれ。それがし、上州は五目牛村あたりとしか言いようがない」

「なんだえ、その村は」

「国定村の近くじゃ」

「国定村って、まさか国定忠治の生まれ在所じゃねえよな」

しばし思案した影二郎は、

「国定忠治が病に倒れたというのでな、見舞いに行くのだ。どうやら今生《こんじょう》の別れになりそうだからな」

影二郎の返答に長屋の面々が期せずして息を止めたあと、ごくりと喉を鳴らした。

「ま、まさか旦那は忠治親分と知り合いじゃないよな」

「いささか因縁があってな、あやつの死に目にはなんとしても別れが言いたいのだ」

「夏目様、そいつはよしたほうがいい。もはやおまえさんの親父様は大目付を辞められたのでございましょう。後ろ盾もなくそんな無法をすると、関東取締出役の役人に目を付けられますよ。となるとこの長屋だって、騒ぎに巻き込まれかねませんよ」

「大家どの、八州廻りとも因縁の間柄、なにも忠治の面倒を見る真似をして、この長屋に連れてこようというわけではないのだ」

「大家さんよ、こりゃ、いくら言い聞かせたって駄目だぜ。若菜さんと可愛い子をふたり残して、死ぬような目に遭わないと分からないよ」

と最後に杉次が諦め顔で言い、

「あかは長屋で最後まで面倒見るよ。勝手にさ、忠治親分に会いに行き、八州廻りの強面《こわもて》にょ、いっしょにお縄になるがいいや」

と嫌みを言った。

むろん本心ではない。なんとか江戸に引き留めたい一心だった。

「杉次どの、ご一統、最後のわがままじゃ。許してくれ」

と頭を下げた影二郎は手入れを為した一文字笠を被り、南蛮外衣を左肩にかけると、法城寺佐常を落とし差しにして、陽溜まりで眠るあかの傍らに腰を屈《かが》めて頭を撫でた。

「あか、おれが利根川河原でおまえを拾ったのは何年前のことか。兄弟は皆飢えで死んだが、おまえだけが弱々しい声でおれに居場所を教えてくれて、いっしょに旅することになったな。あの河原で、やくざで十手持ちの親分に『借財のかたに妾に出せ』と難癖つけられたので、日光の叔母のところへ逃げようとして川をひそかに渡ろうとした娘のみよといっしょに赤城山に忠治を訪ねたのが、夏目影二郎の無頼旅の始まりであった。こたびはその旅の締めくくりだ。おまえはもう故郷に旅はできまい。その代わり、夏目影二郎がおまえの生まれ故郷の山や川に別れを言うてこよう。いいな、元気でいろよ」

との挨拶を長屋の連中が黙って聞いた。

そんなわけで翌朝、影二郎は南蛮外衣を肩にかけ、一文字笠を被って坊主姿の幸助と中山道《なかせんどう》の板橋宿に姿を見せたのだ。

明け六つ（午前六時）の一番の渡し船にはいささか間があった。そこでふたりは渡し場から少し下ったあたりにある川漁師の小屋を見つけ、舫《もや》ってある舟をふたりで流れに押し出すと、幸助が棹《さお》を握った。まだうす暗いのを利用して、ひそかに対岸に渡り、対岸に舫った小舟の隠しに二朱の舟賃を入れた。

漁師にとっても慣れた旅人にとっても、このような舟の使われ方は、暗黙の了解事項だ。

ふたりは戸田《とだ》の渡しの下流の河原からいささか遠回りして中山道蕨《わらび》宿に出た。江戸へ四里十六丁（十七・四キロ）、朝の間にこの距離を稼いだことになる。

七年ぶりの旅だが、影二郎の体は旅のこつを覚えていた。一方、坊主姿の幸助は、影二郎が無頼旅を止めていたこの七年も、親分の忠治を陰から支えて関八州から会津などと旅暮らしだ。

「忠治倒る」

の知らせに慌ただしく盗区を動き回って集められるだけの情報を得て、江戸に走った。だが、急ぎ旅が幸助を疲弊《ひへい》させたのではない。忠治の異変を思っての心労に疲れ切った顔を見せていたのだ。

影二郎と会い、思いのたけを喋ってみると、幸助には諦観《ていかん》が生じていた。

（人間はいつかは死ぬ）

そのことだ。ならば一代の博徒が華々しく活躍した盗区での最期をどう飾らせるか。影二郎はこう答えていた。

「蝮、いやさ、坊主の幸善坊よ、死に方がどうのこうのと談じるのは生き残った連中がなすべきことよ。もはや忠治に残された道は、花道ではない、虚栄をこれ以上付け加えることでもない。大前田英五郎親分が示した自裁もそのひとつだが、忠治はその道を選ばなかった。忠治ほど、八州廻りの怖さを承知の者もいないはずだ。この二十年以上も、次から次へと現われる八州廻りの追捕を恐れて、名主を通じて道案内に多額の金子を送り続け、相手の動きを承知しておこうと思うたのも、お上の怖さを承知だからよ。中気に倒れた忠治は、早晩お縄になる。そのことはおまえがいちばん知っておろう。あとは江戸がどう考えるか」

影二郎は幸助に告げていないことがあった。

弾左衛門に会ったあと、長屋に戻り、旅仕度を為した上で、常磐秀信を神田小《かんだお》川町《がわまち》の屋敷に訪ねていた。

常磐邸の門番は影二郎のことをよく承知だが、玄関番の若侍は知らなかった。

影二郎にとっても見かけぬ顔であった。

「殿に面会を所望《しよもう》と聞いたが、なに用か。まず、そなた、何者か」

と影二郎の風体《ふうてい》を訝《いぶか》しげに見ながら矢継ぎ早に糺《ただ》したものだ。

「倅が父上に会うのに用が要るか。夏目影二郎が参ったと伝えよ」

その言葉に若侍がごくりと喉を鳴らした。この屋敷の主に妾腹の倅がいることは承知のようだった。

すぐに奥に下がった若侍に代わり、義母の鈴女がせかせかとした足取りで玄関に姿を見せ、いきなり引き攣《つ》った顔で影二郎を睨んだ。

「瑛二郎、金子の無心に参られたか」

「そう申せば、お貸し頂けますか」

鈴女は家付きの娘だ。

部屋住みの秀信はこの常磐家三千二百石に婿入りしたのだ。ために嫁の鈴女には頭が上がらなかった。そのためか、外に女をひそかにもうけた。料理茶屋の独り娘のみつ、つまりは影二郎の母親と慕い慕われる仲となった。

このことを知った鈴女は、激怒して秀信を詰《なじ》った。だが、秀信もみつのことでは鈴女に抵抗した。そんななか、みつが早世し、幼い影二郎は常磐家に引き取られたが、この義母とも異母兄ともそりが合わず、すぐに屋敷を飛び出して浅草寺門前西仲町の料理茶屋、祖父と祖母のいる家に戻った。

その後、影二郎が無頼に走った経緯は幾たびも記してきた。ゆえに改めて書く要もあるまい。

ともあれこの鈴女は影二郎の存在を嫌悪し、倅を頼る秀信をないがしろにするばかりか感情に任せて罵倒《ばとう》した。

そんな秀信が常磐家を出なかったのは生来の小心と、偶然がきっかけで幕閣の一員に抜擢されたことにあった。このとき、秀信は、無頼に走っていた影二郎に助力を求めた結果、

「勘定奉行常磐秀信、恐るべし」

との城中での評判を得ていた。むろんこの評判は影二郎がつくったものだ。その父子に目を付けたのが老中首座の水野忠邦だった。天保の改革を推進する水野忠邦が失脚したとき、常磐秀信は幕閣を追われ、鈴女が支配する常磐家に籠もることになった。そして、

「気弱な婿」

の立場にまた戻り、それに甘んじていた。

「瑛二郎、そなたには嫁もおれば子もおると聞いた。実家の料理茶屋だか甘味処

だかは大流行《おおはやり》の店というではないか、そなただけが相変わらず長屋住まいで気ま
ま勝手に暮らしておるそうな、少し心を入れ替えてしっかりなされ。ともあれ瑛
二郎、そなたの家では銭の不じゆうなどあるまい。わが屋敷に金子など求めてこ
られても迷惑次第です」
「ようこちらの内情までご存じですな、相分かりました。本日は、父上に旅に出
るご報告に参っただけです」
「旅ですと」
と応じた鈴女がしばらく思案して、
「瑛二郎、そなたは幕閣につながりがあるのですか。ならばそなたの父をどこぞ
の役職に就けるべく口利きしなされ」
「最前、義母上《ははうえ》がおっしゃったとおり、それがし、浅草寺門前西仲町の厄介者《やっかいもの》で
ござれば、幕府などに縁はございません。義母上、父上が役職を願《ねご》うておられる
のですか」
「あのお方は、そなたに似てぶらぶらしておられるのがお好きなようで、このと
ころ中間《ちゅうげん》相手に盆栽の手入れを熱心になされておられます。ご同輩は城中で要
職に就いておられるというのに、なんとも情けない次第です」

鈴女は歯がみした。

「義母上、父上はもう存分にお働きになりました。父上の歳で問題山積する城中のご奉公などは無理にございます。楽隠居をお認めなされ」

「常磐家に余計な口出しをするものではない、瑛二郎」

「義母上が幕閣に知り合いがおるかとおっしゃるゆえ、お答えしたまでにござる。ところで父上は本日も盆栽の手入れにございますか」

「庭でしておられる。一文《もん》にもならぬ盆栽いじりなど、なんとも辛気臭《しんきくさ》いことよ」

と言い放った鈴女が庭に回れと枝折戸《しおりど》を指で差した。

常磐秀信は、影二郎とは馴染みの中間小才次《こさいじ》相手に、松の盆栽の鉢を手に目を近づけ、枝ぶりか、その生育ぶりかをしげしげと眺めていた。

「おや、瑛二郎様がお出《い》でですぞ、殿」

小才次の声に、うーんと応じて目を上げた秀信が、

「瑛二郎か、わが屋敷に訪ねくるなど珍しいのう。なんぞ出来《しゅったい》したか」

と問うた。

旅仕度の一文字笠と南蛮外衣に異変を感じた様子が見えた。

はい、とうなずく影二郎に、

「小才次、本日はこれまでといたそうか」

と盆栽の手入れの終わりを告げ、小才次に後片づけを命じた。

盆栽の棚が並んだ一角に縁台が置かれて、茶の仕度がなっていた。だれにも邪魔をされることはない。どうやら天気のよい日はこの庭で終日過ごしている様子だった。

笠を脱ぎ、南蛮外衣と腰の法城寺佐常を外した影二郎と秀信は、並んで縁台に腰を下ろした。

「異変か」

「いささか」

影二郎は、蝮の幸助からもたらされた、国定忠治が中気で倒れた経緯を告げた。

「忠治はまだ関東取締出役の手に落ちてはおらぬのじゃな」

「数日前の話しかそれがし存じませぬ。ひょっとしたら、今頃はすでに八州廻りの中山誠一郎や関畝四郎らの手にて捕縛されておるやもしれませぬ。倒れた忠治を裏切る者が新たに何人も出てきましょう」

影二郎の言葉にうなずいた秀信は、

「予《よ》は致仕《ちし》して以来、城中の動きに疎《うと》いでな、なんの話も入ってこぬ。さばさばしてよいものじゃ」

「義母上は父上をふたたび要職に就けたいご様子でしたがな」

「鈴女に会うたか」

「玄関先にてひとしきり小言を頂戴した上、金子を借りに来たのなら迷惑と釘を刺されました」

「鈴女の言いそうなことじゃ」

「父上、よい時節に辞職なされました」

「そういうことよ」

と応じた秀信が、

「もはや忠治の時代は終わった。なぜ旅仕度で上州に向かうな」

と問い返した。

「江戸の城中や巷《ちまた》に流れる忠治の風聞は、忠治の縄張りの盗区で流れるそれとは大きな隔たりがございます。江戸では、忠治の悪行《あっこう》は大仰に喧伝され、幕府の無為無策から目をそらすために、その悪名が利用されてきました。われらもまた幕府の大声に惑わされて時に忠治を追うなどして、何年も関八州はおろか、西は肥前《ひぜん》国長崎《ながさき》から北は陸奥《むつ》国恐山《おそれざん》まで走り回らされましたな。その折り、忠治一統にわれらが迷惑をかけられたより、助けられたことが多うございました」

「そなたと忠治はどうやら馬が合《お》うたようだな」

「上州が忠治を生んだには、それなりの理由がございましょう」

「そなたが申したように、幕府の弱体に目を向かせぬために利したのじゃ。たかが上州の一博徒を祭り上げたのは幕府と関東取締出役じゃ」

影二郎は、秀信もまた忠治の実体を知らぬと思った。だが、一理ないわけではないと、うなずいた。

「瑛二郎、そなた、忠治が関東取締出役に捕まった場合、どうする気で上州へと赴くのだ。まさか、そなたの仇敵から忠治を奪い取ろうなどと考えてはおらぬな」

「父上、忠治の命運はもはや尽きました。中気の忠治を捕縛したところで、幕府もお困りでございましょう。それがしも忠治を助けたところで、なんの役にも立ちますまい」

「そなたがあちらこちらで広言した『万が一の場合、そなたの首はこの夏目影二郎が落として遣わす』という言葉を知らいでか」

「ご存じでしたか。ですが、それがし、健在の折りの忠治の首は落とすと約定はいたしたものの、病に倒れた者の首を斬る非情は持ち合わせておりません」

「ならばなんで参る」

「忠治の最期を見定めるためにございます」

秀信が影二郎の顔を見た。その眼差しは盆栽の松を観察していたものと似ていて真剣だった。

しばし沈思した秀信が、縁台から立ち上がった。いつの間にか茶碗を剪定《せんてい》ばさみに持ち替えていた。

「八州廻りが忠治を捕縛したとせよ。そなたが考える以上に忠治の始末について江戸ではあれこれと注文を付けような」

浅草弾左衛門と同じ意見を秀信が述べた。

「中気の忠治を江戸まで運び、この江戸にてお調べを受けさせて耳目を集めようという算段にございますか」

「それも考えられよう。ともかく開国を迫られる幕府は、世間の非難をほかに向けるためならば、どのようなことも為すでな」

「父上の上役、水野忠邦様の申されたことにございますか」

「衰弱した組織は人が替わるたびに脆弱《ぜいじゃく》になるのは世の常のことよ。水野様以上に知恵の回る方などおられまい」

秀信はそう言うと植え込み途中の盆栽の前に立ち、紅葉の幹をつかみ、乱暴にも引き抜いて油紙包みを取り出した。

「瑛二郎、わしとて忠治が息災《そくさい》で生きておることが上州のためと思わぬでもない。だが、中気で倒れたとあっては、忠治の命運もそなたが言ったように尽きた。なんぞあった場合、この金子を遣え」

と秀信が紅葉を鉢に戻し、油紙包みを影二郎に差し出した。

「婿たる父上の大事なへそくりにございましょう」

「鈴女に分からぬよう、婿は婿で工夫しておる。わしが水野様の下で御用が務まったのは、瑛二郎、そなたのお蔭と忠治の虚名ゆえじゃ。その恩義に報いるためには百両では少ないわ」

と秀信が影二郎の手に油紙包みを握らせた。

二

影二郎と坊主姿の幸助は、浦和《うらわ》、大宮《おおみや》、上尾《あげお》、桶川《おけがわ》、鴻巣《こうのす》、熊谷《くまがや》、深谷宿《ふかや》と昼夜休みなく歩き通した。ちなみに江戸から十八里二十五丁（七十三・四キロ）、健脚の旅人でも二日の行程だろう。だが、ふたりは蕨を発った翌未明には深谷に到着し、中山道を離れて、中瀬《なかぜ》村で利根川を渡った。

むろん尋常な渡し船ではない。わけありの旅人をひそかに渡す漁師舟だ。

両人の風体から足下を見たか、流れに出たとき、

「ひとり一両」

と手拭いで頬被りした船頭が舟賃を吹っかけた。

「なかなかの稼ぎじゃな」

坊主姿に身をやつした蝮の幸助が不満を述べた。

「客人、川向こうの日光例幣使《れいへいし》街道から足尾銅山《あしおあかがね》街道、日光裏街道に挟まれた界隈は、八州廻りの役人でいっぱいでよ、並みの旅人は身動きつかないだよ。行きたくなきゃあ、舟を引き戻すだ。それとも流れに飛び込むだか」

「お里が知れたな、船頭」

と影二郎が呟いた。

「なんと言うただか、浪人さん」

「聞き流せ。それよりなぜ八州廻りがあちら岸にうろついておるのだ」

影二郎は仔細《しさい》を知らないふりをして尋ねた。

「それも知らねえなんて、渡し舟を待たずによ、われが舟に乗る輩とも思えねえだがね。どうせ騒ぎに紛れてひと稼ぎしようって魂胆《こんたん》だべ」

「舟賃のうちと思うて話せ」

「なに、舟賃といっしょだって。仕方ねえなあ。忠治親分が中気で倒れてよ、身動きつかないだよ。そんな話はたちまち道案内から八州廻りに伝わってよ、この界隈じゃ知らねえ者はいねえべ」

「忠治は捕まっていないのだな。そこで中山誠一郎や関畝四郎が徒党を組んで乗り込んできたか」

「親分さんや八州様の名を気安く呼ぶおまえさん方は、どこのどぶ鼠だ。八州廻りの仲間とも手先とも思えねえだがね」

船頭の話から、少なくとも忠治は関東取締出役の中山や関に捕縛されていないことが分かった。

「昔から八州廻りとは肌が合わぬ」

「ふーん、無頼者がのこのこ八州様の残り餌にありつこうと乗り込むと、えらい目に遭うだよ。話込みでひとり一両、承知しただな」

小舟は朝もやが漂う利根川の中ほどにいた。

「嫌というならば、引き返すか」

「もう引き返すには遅すぎるだ。向こう岸には御用聞きが得体の知れない川渡りの旅人を待ち受けているだ。われはそこへ着けるだね」

坊主姿の幸助が声もなく笑った。

「坊さん、おかしいか。御用聞きに囲まれて薄笑いが続けられるだか」

「脅しはこのお方には効かないぜ」

「ほう、なんでだべ」

「その昔、八州狩りと異名をとった御仁が忠治親分の縄張り内から関八州一帯を歩き回った噂くらい、おめえだって耳にしたことがあろう。一文字笠に南蛮外衣、腰には大薙刀《おおなぎなた》を鍛え直した法城寺佐常を落とし差しにした浪人、夏目影二郎様の噂をな」

坊主姿の幸助の言葉に船頭が影二郎の風体を改めて見て、ごくりと唾を呑み込んだ。

「船頭、やくざと十手持ちの二足の草鞋を履く連中が待ち受ける岸辺でも構わぬ。しかしその折りは、そなた、一文の舟賃も手にすることはできぬ」

「そればかりか、怪しげなおれたちにひとり一両の舟賃をひそかに吹っかけたと知ったらよ、二足の草鞋の連中がどう出るかね。それとも二足の草鞋と結託しているのか」

「じょ、冗談はなしにしてくれねえべか」

「冗談じゃねえさ。親分がまだ上州の縄張りにいなさるならば、落ち目とはいえ子分らがおめえの首を取りに来ないとも限らないぜ」

「旅人、冗談と本気の区別もつかないだか」

と言いながら船頭が小舟を葦原の広がった岸辺に着けた。

「まっすぐ土手に向かえば世良田《せらだ》村だ。そこにも八州廻りの手先はいるだよ」

「話は聞いた」

影二郎が一分《ぶ》を船頭の足元に投げて、小舟から岸へと飛んだ。

世良田村から忠治の生まれ故郷の国定村までせいぜい三里（約十一・八キロ）

ほどだ。

ふたりが利根川の葦原を出ようとすると、土手に竹槍を立てた八州廻りの手先の十手持ちたちがいた。

「南蛮の旦那、親分がどこに潜んでなさるか、おれひとりで心当たりを探してみよう。旦那の出馬はそれからでも遅くはあるまい」

「蝮、この河原に流れ宿《ぐやど》はあるか」

「半里も下ったところに永徳寺《えいとくじ》があらあ。その寺下の河原に間々田《ままだ》のそね婆《ばあ》が仕切る流れ宿がある。親分がどこに潜んでいなさるか分かったら、そね婆の宿に連絡《つなぎ》をつけよう」

「相分かった」

坊主姿の幸助が葦原を上流へと向かおうとしていた。

「蝮、待て」

影二郎は、父がくれた二十五両の包金《つつみがね》ふたつを差し出した。

「南蛮の旦那、乞食坊主が大金を持っているなんておかしいぜ。八州の手先に問い質されたとき、なんて答えるよ」

「蝮らしくもないな。八州廻りの臭いを嗅ぎつけるのは蝮の得意技ではなかったか。その金子、忠治に渡してもよし。おめえの裁量で使え」

「南蛮の旦那だって、もはや主持《しゅうも》ちじゃあるまい。銭の出どころはどこだえ」

「父がへそくり金を下された」

「大目付常磐秀信様は、南蛮の旦那の親父様だけに少々変わってやがるぜ」

包金ふたつを蝮の幸助は両手で伏し拝むように受け取った。

影二郎は葦原に幸助の姿が消えていくのを見送り、最前の漁師舟がふたりを下ろした岸辺に戻った。船頭は未だいたが、影二郎の姿を見て、ぎょっとしたように身を竦めた。

「そなたの名はなんだ」

「中瀬の平六《へいろく》だ」

「平六、今日明日にも初老の侍と旅芸人のなりをした親子があちら岸に姿を見せるかもしれぬ。名は菱沼喜十郎におこまの親子だ。もし見つけたら、それがしは、そね婆の流れ宿におると伝えてくれぬか。おまえが案内してこよ。その折りは一両を渡す」

「嘘じゃあるまいな」

「わざわざおまえを騙しにこの岸まで戻るほど暇ではない」

「菱沼喜十郎さんにおこまさんだな」

影二郎は利根川河原に茂った葦原伝いに下流へと潜んでいった。子犬のあかを拾ったのも利根川河原の葦原だったな、と浅草三好町の長屋で陽溜まりに寝込んでいるはずのあかを思った。

葦原を透《す》かして河原の一角に流れ宿らしき掘立小屋が見えた。大水の折り、流れてきた材木を使って建てられた、頑丈そうな小屋だった。壁に抜かれた孔《あな》から煙が流れ出ていた。煮炊きにも使う囲炉裏の煙だろう。

八月のことだ。

秋も深まり、利根川河原の流れ宿の朝晩は寒かった。

小屋の周りには洗濯をする男女がいた。女の背にも男の背にも幼子が負ぶわれていた。夫婦者が襁褓《むつき》を洗い、干しているのだ。そして、その傍らで三毛猫《みけねこ》が居眠りして、猿が一匹毛づくろいをしていた。

「ご免」

と素人細工の戸を押し開けると、突き出た板の間を囲むように三方に土間があって、その一角に竈《かまど》がふたつ並んでいた。板の間の真ん中には囲炉裏が切り込まれて、流木を割ったと思える薪がちょろちょろ燃えていた。そして、囲炉裏の周りには十数人の客が所在なげな顔付きでいた。旅から旅へ流浪しながら拙《つたな》い芸や怪しげな薬や飴《あめ》なんぞを売る面々だ。竈の前から火吹き竹を手にしたお婆《ばば》が立ち上がり、影二郎を見た。

「宿を願いたいのじゃが」

「侍が泊まる宿じゃねえ」

にべもない返事が戻ってきた。

影二郎は顎下で結んだ一文字笠の紐をほどき、

「それね婆じゃな」

「それがどうした」

「目は見えるか」

「目が見えたら何をさせる気だ」

影二郎は一文字笠の裏を返して囲炉裏の火を当て、それね婆が見えるように差し出した。渋を重ね塗りした裏地に梵字が浮かんだ。

「目は見えるが、字はあまり読めねえ」

「梵字でな、『江戸鳥越の住人、これを許す』と書かれてある。鳥越の住人がどなたを指すか分かるな、お婆」

「鳥越のお頭《かしら》の知り合いか」

「ということだ。世話になりたい」

と影二郎は願った。

囲炉裏端から舞々《まいまい》が業《なりわい》と思える男が影二郎を凝視した。

舞々は、幸若舞《こうわかまい》を舞うことを業とした者だが、門付《かどづ》けも指した。浅草弾左衛門の支配下二十九職のひとつであった。

「もしや、八州狩りの旦那、夏目影二郎様ではございませんか」

「未だそれがしの異名が上州では生きておるか」

「やっぱり八州狩りの旦那でございましたか。そね婆、このお方は、使命を忘れ、金儲けや極悪非道に落ちた八州廻りを始末して歩いた夏目影二郎様だ。なによりの証がその一文字笠と南蛮合羽よ。あと、犬がいたはずだがな」

「すでに年老いて江戸の裏長屋で日がな一日居眠りをしておる」

と男に応じた影二郎は、そね婆に一両を宿代として渡した。

「おめえさんも旅人ならば流れ宿の作法を知っていよう。一両を出して釣り銭があるものか」

「釣りをもらおうとは思わぬ」

と答えた影二郎が、

「そなたらが稼ぎに出られぬ曰くは、八州廻りと手先たちか」

「忠治親分が中気で倒れたとか、この界隈は稼ぎどころじゃない。一丁歩くたびに十手持ちの詮議だ。商いになるものか」

「お婆、その一両で食べ物と酒を用意してくれぬか。憂さ晴《うさば》らしに酒でも呑もう。それともそね婆、忠治が倒れたという折りに不謹慎か」

「くさくさしているのはだれもいっしょだ。忠治親分が元気になるように騒ぐくらい許されよう」

と、そね婆が言い、

「舞々、猿引を連れて酒と食い物を見つけてこい。いいか、十手持ちや道案内に見られるでないぞ」

影二郎から渡された一両が流れ宿の薄暗い虚空《こくう》を飛んで、中腰の舞々が受け取り、

「合点《がってん》承知の助だ」

と土間に飛び降りると、土間の隅にあった竹籠を負い、猿引を連れて表へと出て行った。猿引もまた弾左衛門支配下の二十九職のひとつだ。表の猿は猿引の連

れだったのだ。

「旦那、どぶろくならあるが呑むかね」

とそね婆が影二郎に問うた。

「いや、江戸から徹宵（てっしょう）して歩いて参った。どこでもよい、しばらく横にならせてくれぬか」

「ならば、二階がいいだ。煙くさいが囲炉裏のぬくもりがほどようて、寝るにはいちばんの場所。上客様しか使わせねえ」

　とこれまた手造りと思える中二階を指した。

　影二郎が土間にかけられた梯子段を上がると、中二階とは名ばかり、屋根裏までの高さが四尺（約一・二メートル）、広さ三畳ほどの屋根裏部屋だ。だが、明かり取りもあって、お婆の言うとおりにぬくもりがあった。

　影二郎は腰の一剣を抜き、一文字笠といっしょに枕元に置き、その辺にあった木枕を借り受けて、南蛮外衣を夜具にして横になった。すると最前まで表にいた三毛猫が南蛮外衣にくるまれた影二郎の体に身を寄せていっしょに眠ろうとした。

　囲炉裏端の話し声や猫が気になっていたのは一瞬のことだ。たちまち眠りに落ちていた。

眠りの中で買い物に出た舞々が戻ってきた気配がして、急に階下が活気づいた。食い物をこしらえ、酒の仕度をしている様子があった。

影二郎はふたたび眠りに落ちた。

どれほど二度寝が続いたか。

流れ宿に怒声が響いて、影二郎は眠りを覚まされた。

「やい、門付け、どこぞで一両の大金を盗んできやがったな。佐波《さわ》の鬼十郎《きじゅうろう》の目をごまかそうったってそうはいかねえぞ。おい、門付けに縄を打て」

どうやら一両を使ったところに目を付けられたらしい。そね婆が、

「佐波村の親分さんよ、舞々が他人様の銭をくすねたわけじゃない。気前のいい客がくれた小判だ。ここにいる皆が知っていることだ」

「そね婆、嘘をつくに事欠いて流れ宿の客が一両をくれただと、まさか忠治のかわりの子分じゃあるまいな。その客はどこにいやがる」

素手の影二郎は梯子段を下りた。

「佐波の鬼十郎とやら、その一両はいかにもそれがしが宿代として支払ったものだ。そいつをどう使おうと宿の主の才覚であろう」

佐波の鬼十郎は三十前後の太った男だった。

「浪人、流れ宿の宿銭がいくらか承知か。伊勢崎《いせざき》の旦那衆が女郎呼んで呑み食いしようって旅籠じゃねえ。流れついた木材で河原に建てたお上のお目こぼしの宿だ。せいぜい四、五十文か、そね婆よ」

「佐波の親分さんよ、なんでも承知だね」

「その宿に一両を支払っただと。おめえ、何者だえ」

佐波の鬼十郎には江戸弁が混じっていた。江戸で奉公したことがありそうな、得意げな言葉遣いだった。

「鬼十郎、そなたらがこの界隈に雲集《うんしゅう》してだれぞを炙《あぶ》り出そうという算段のせいで、この宿の面々も稼ぎに出られず、無為の時を過ごしているのだ。それがしのあり合わせの金子で呑み食いするくらい、そなたら、十手持ちが目くじら立てることもあるまい」

「舞々が一両を持っていた経緯は承知した。だがな、おめえが一両を奮発《ふんぱつ》した曰くが分からねえ」

「憂さ晴らしと申したぞ」

「一両の出所はどこだえ」

「余計な詮索じゃぞ、佐波の鬼十郎」

佐波の鬼十郎が影二郎の顔を睨んだ。その視線が囲炉裏端の面々に移り、訝しい顔をした。

「なんだ、てめえら。お調べをせせら笑って見てやがるな。てめえら、一人ひとり詮議してみせようか。叩けば埃《ほこり》はいくらでも出てこよう。だれひとりとして後ろ暗くねえ者はいめえ」

と鬼十郎が睨み回した。

「佐波村の親分、こちらの旦那の詮議から願おうか」

流れ宿のそね婆が影二郎を指した。

「やっぱり後ろ暗い行状の持ち主かえ」

「そうじゃねえ、親分方の天敵だ」

「天敵だと、どういうことだ」

鬼十郎の眼差しがそね婆から影二郎に戻ってきた。

「八州廻りの道案内か」

「おう、さる旦那の道案内よ。旦那はかような流れ宿なんぞにお入りにならないのよ。表でお待ちだ」

「雇《やとい》足軽《あしがる》の名は」

関東取締出役の下には士分の雇足軽が二名、小者《こもの》が一名付き、道案内と称する土地の十手持ちが数名従って行動した。

「おめえなんぞに答える謂《い》われはねえが、関畝四郎様の支配下種村直次郎《たねむらなおじろう》の旦那だ」

佐波の鬼十郎が胸を張った。

「関畝四郎どのがおまえの大旦那というわけか。関どのも中山誠一郎どのも堅固《けんご》でなによりかな」

「えらく気安いな。てめえ、しょっぴいて体に一両の出所を問おうか」

「それには付き合《お》うてはおられぬ。それがし、これでも多忙の身でな」

佐波の鬼十郎が手先のひとりに、

「種村の旦那の出馬を願え、怪しげな浪人者がおると言うてな」

と命じたのに手先が表に待つという雇足軽の種村直次郎を呼んできた。

「鬼十郎、いつまでぐずぐずしておる」

流れ宿など足を踏み入れたくもないという表情で姿を見せた。

明るい表から薄暗い流れ宿に身を移したために、種村直次郎の視線は閉ざされたままだ。

「一両の出所は分かったか」

「分かりました。この浪人の懐から出たそうでございますよ」

「何者か」

種村直次郎が瞳孔《どうこう》を見開いて影二郎を見たが、はっきりと容姿を捉えることができなかった。それでも少しずつ種村の目が流れ宿の暗さに慣れてきて、影二郎をようやく認めることができた。

ごくり

と種村の喉が鳴り、唾を呑み込んだ。

「そ、そなたさまは」

「そのほう、七年前、関畝四郎どのに同行して角館に参ったか」

「はっ、はい」

「関畝四郎どのに、そのうち夏目影二郎が挨拶に参ると伝えよ。相分かったか、種村直次郎」

「はっ、はい」

と答えた種村が流れ宿を飛び出し、佐波の鬼十郎だけがその場に残った。

「親分、われらといっしょに酒を呑むか」

「おまえさんが八州狩りの夏目影二郎」

「そういうことだ」

「わあっ！」

と叫んだ鬼十郎が種村に続いて表に飛び出していき、流れ宿に歓声が渦巻いた。

三

翌朝五つ（午前八時）時分、影二郎がそね婆の流れ宿で目覚めたとき、階下は静かだった。だが、表から赤ん坊の泣き声がして、それを三毛猫が慰めるようにみゃうみゃう、猿がきいきいと鳴いていた。

影二郎はしばらく二階の寝床でじいっとしていた。

そね婆が継ぎのあたった綿入れを貸してくれた。それと南蛮外衣を畳んで敷き、夜具にして寝た。

憂さ晴らしの宴が果てたのはいつのことか。

舞々の五助《ごすけ》と猿引の八兵衛《はちべえ》は、一両で竹籠いっぱいの食い物と安い地酒を五升《しょう》ほど仕入れてきていた。それを流れ宿の客、十四人とそね婆もいっしょになって平らげた。

菜《さい》はそね婆が漬け込んだ大根やゴボウの古漬け、囲炉裏で作られたのは猪肉《ししにく》の味噌仕立てだ。どこで仕入れてきたか、あれこれと買い込んできた山菜漬けや新鮮な野菜をいっしょに炊き込んだもので、その猪鍋が飯のおかずであり、酒の肴にもなった。

影二郎は久しぶりに度を過ごして呑んだ。そのせいか安酒を呑んだ翌朝に起こる鈍い頭痛を懐かしく感じていた。

この七年、若菜との祝言、それにふたりの子どもが生まれたこともあり、影二郎は浅草三好町から〈あらし山〉に通う中、深酒を為す機会などなかった。

久しぶりの無頼旅が影二郎に若菜の亭主として、ふたりの子の父親としての自覚を忘れさせた。そして影二郎は、ふたたび上州に戻ってきた儀式を自ら催したのだと悟っていた。

その宴の最後に影二郎は、五助らに頼み事をしていた。

「そなたらの中で明日この地に残るのは何人か」

と尋ねると、五助ら七人が身動きつかないので、流れ宿に残るしかないと答えていた。

男ばかり七人だった。ふたりの赤子の父親で江戸に働きに行く途中、路銀《ろぎん》が尽きてこの流れ宿に転がり込んできて十数日になるという有三《ゆうぞう》もその中のひとりだ。どうやら足利《あしかが》あたりから逃散《ちょうさん》してきた百姓のようだった。銭がないためにそね婆の手伝いをしてなんとか生きていた。

影二郎はその七人の男たちに頼み事をした。

日光例幣使街道と足尾銅山街道、日光裏街道の三つの街道に挟まれた土地を歩き回ってくれないかという願い事だった。

「旦那、その土地はいちばん八州様がうろついておる土地だね」

と五助が念を押した。

「みなも承知の国定忠治の縄張り内だ」

「なにをするだね」

「商いをする真似をして耳をそばだて、目を光らせておればよい」

「なにを探せと言われるだ」

逃散してきた有三が答えは分かっているという顔で尋ねた。

「忠治の行方を突き止めた者には格別に五両の報奨を与える。見つけられずともこの用を務めてくれた者には日当として二朱《しゅ》を支払う。日当は前払いいたそう」

座が沸いた。

だれもがこのところ真っ当な稼ぎができてないのだ。懐がすっからかんなのは容易に想像がついた。

「五両か、大金だべ」

「じゃが、忠治親分を探していることが知れたら、八州の手先の十手持ちにいたぶられるだ」

「ゆえに、商いを為して一文でも稼がねば飢え死にする体を装《てい》うのだ。いや、装うてはならぬ、本気で稼ぎを為すのだ。いいか、御用聞きの真似をして忠治の名を出すようなことをしてはならぬ。一日歩いた中で見聞きしたことを夕方それがしに報告してくれればよい」

「商いして稼ぎがあっても二朱もらえるだか」

客のひとりが舌なめずりした。

「約定の金子は必ず前払いする」

男たちが顔を見合わせた。それまで黙っていたそね婆が、

「夏目の旦那、なにが狙いだか」

と質した。

至極《しごく》当然の問いだった。

「それがしと忠治は肝胆相照《かんたんあいて》らす仲だ」

「なんだ、かんたんなんとかというのはよ」

舞々が尋ね返した。

「無二の友だ、心を互いに許し合《お》うた間柄ということだ。忠治が中気に倒れたと江戸で聞かされたとき、おれはもはや忠治の時代は終わったと思った。体の不じゆうな博徒がいつまでも八州廻りの手から逃れられるわけもあるまい。子分や道案内の中から必ず忠治を見捨てて裏切る者が出てくる。大前田英五郎親分が病の忠治に自裁を勧める文を送ったそうな。それがしも英五郎親分と同じことを考えた。国定忠治の名を汚してはならぬとな。だが、忠治には忠治の考えがあるようで死んだという噂は聞かれない。それがしは、せめて生きておる間に別れを為したいのだ」

「それで江戸から出てきたというだか」

「それね婆、それがしの言葉を信じられぬか」

「大金を叩《はた》いてまで忠治親分に別れが言いたいだか」

「それがしは妾腹の子だ。父は老中首座の水野忠邦様の下で大目付を務めた。さほど才もない親父が大目付になったには、忠治の存在が大きい。忠治がいなければ、親父は幕閣の一員など務められなかった」

「親父様をそうけなすでねえ。それにそれだけの話ではないべ。無頼者の倅がいたからこそ、親父様が大目付なんて大役を務めあげられたのではないかね。おまえさまの名は忠治親分と等しく上州では高い」

「そね婆、われら父子は忠治に生かされたともいえる。こたびの金子は隠居の身の父上から頂戴してきた金子だ。親父どのは忠治の供養料と思うて、頭の上がらぬ女房の目を盗んで、盆栽の鉢植えの下に隠していたへそくりを下された」

そね婆の疑いの眼差しが影二郎の言葉で消えた。

「舞々、おめえら、江戸からわざわざ忠治親分に別れを言いに来た旦那の手伝いをするだよ。さすれば、日当の稼ぎでうちの支払いもしてくれべえ」

「忠治親分が隠れ潜んでおる噂を耳にしたら、わが目で確かめねば五両にはならないだか」

と客のひとりが尋ねた。

「いや、密偵の真似をするでない。調べ回るような所業を絶対にしてはならぬ。八州の手先に捕まることになるからな。ただその噂を持ち帰れ。さすればわが仲間がその先は確かめる。確かめられたあと、真の話なれば五両は払う。五両は前もってそね婆に預けておくゆえ、安心せえ」

「旦那、仲間がいるだか」

「ああ、明日にもこの流れ宿に姿を見せよう。水芸人のなりをした女子と侍姿の父子だ。その父子を見つけたら、夏目影二郎は、利根川河原のそね婆の宿におると伝えてくれ」

よし、と舞々の五助らが影二郎の願いを聞き届けた。

その夜のうちにそね婆に一両を換金してもらい、小銭を含んだ二朱の日当を七つこしらえた。流れ宿の主はどこも小銭を隠し持っていることを承知していた。

影二郎が宿代だと一両を渡したとき、釣り銭がないと言ったのは、こちらの正体が知れなかったからだ。報奨の五両をそね婆に預けた。

伸びをした影二郎の体が久しぶりに板の間に寝たせいで、ばりばりと音を立て、強張《こわば》っているのが分かった。

(夏目影二郎も鈍《なま》ったものよ)

と自嘲《じちょう》しながら梯子段を下りた。

着流しに素手のなりだ。

囲炉裏端にそね婆が独り、繕《つくろ》いものをしていた。

「起きたかねえ」

「皆は出かけたようだね」

「ああ、有三さんの女房と子が残っておるだけだ」

「あの者たち、江戸に仕事を探しに行こうというのか」

「そういうことだ。なんぞあてはあるかね。うちでの働きを見てもよ、実直な夫婦者だと分かっておるがね」

「江戸に出ても早々に働き口はないぞ、このご時世ゆえな」

「それでも江戸に逃げ込まねばならないほど、上州は酷いだよ」

「それほど酷いか」

「分限者はどんどん蔵の中に千両箱を積んでいくだ。だがな、そんな金持ちはほんのひと握り。大半の親が食い扶持を減らすために子を奉公に出し、娘ならば女衒《ぜげん》に叩き売るだよ」

そね婆の話は、七年前より関八州の暮らしがさらに悪化していることを告げていた。

「忠治親分の働きもなんの役にも立たなかっただ」

「そうではない、忠治は幕府を倒す役割を十二分に果たした。関八州を走り回り、幕府の無能と無策をわれらに見せつけてくれた。あやつの為した役目は、われらが考えるより大きい」

「そうかねえ。八州廻りに捕まえられちゃ仕舞いだべ」

「早晩八州廻りに捕まえられるのは分かっておる」

影二郎の言葉にそね婆がうなずいた。

「あと忠治が選べるのは、死に方だ」

「お上の手に捕まれば、首を斬られて獄門台に上げられて仕舞いだべ」

「いや、そう容易くはことが収まるまい。江戸では忠治捕縛を大仰に騒ぎ立て、お調べから処刑まで見世物にする気だ」

「なんてことを」

「忠治は幕府の考えの上をいって己の死に方をせねばならぬ。これまで忠治が名を上げたどの所業よりも難しかろう」

「おまえさまは、それを見物に来たというだかね」

「そういうことだ」

「分からねえ」

そね婆が呟くと、止めていた繕いものの手を動かし始めた。

そのとき、流れ宿の戸が押し開かれ、赤ん坊を負ぶった有三の女房が顔を見せた。表を背にしていたが、顔立ちはよく分かった。年は二十一、二か。整った容貌だが、貧乏の疲れが顔にこびりついていた。

「夏目様、お客だ」

「なに、それがしに客とな。昨夜話した親子が到来したか」

いや、というふうに顔を振り、

「お役人だべ」

と告げた。

「役人じゃと。昨日話した八州廻りの関畝四郎どのか」

女房が首を振った。

「手下《てか》を連れてきておるか」

「いや、ひとりだ」

女房の言葉に影二郎は囲炉裏端を立った。

「夏目の旦那も忙しいだな」

そね婆の呟きを背に流れ宿から影二郎が出てみると、黒羽織《くろはおり》に道中袴《どうちゅうばかま》の武士が影二郎に丁寧に頭を下げた。

関東取締出役屈指の中山誠一郎だった。

中山は、川路聖謨《かわじとしあきら》、江川英龍とともに、

「幕府三兄弟」

と評され、水野忠邦の天保の改革に参画した有為《ゆうい》の人物で、儒学者としても名高い羽倉外記《はくらげき》の忠実な部下であった。

影二郎は、父の常磐秀信から影始末を命ぜられて腐敗した八州廻り峰岸平九郎らを始末したが、中山誠一郎は誠実にその役目を果たし、崩壊する幕府を必死で支えようとした気概の持ち主のひとりであった。

中山と影二郎は敵対した立場にありながら、互いを認め合い、刃を交えたことは一度もなかった。

「夏目影二郎様、お久しゅうございます」

「一別《いちべつ》以来かな」

ふたりは歩み寄り、会釈を交わした。

「中山どの、腰を下ろされぬか」

影二郎は、切り株を指し、自らもそのひとつに座した。流木を切ったもので、薪にするまで腰掛け代わりに客が利用していた。

中山誠一郎は腰から大刀を抜くと、切り株に腰を下ろし、股の間に大刀を立てた。

「単刀直入にお尋ねいたします。どなたからか影御用を命じられての上州入りにございますか」

「正直に答えよう。それがし、影御用を命じられたのは父の常磐秀信を通じてのことだ。父はそなたも承知のように老中首座水野忠邦様の失脚に伴い、致仕いたした。水野様がふたたび老中に返り咲かれた折り、復職の声がかかったようだが、父は断った。それはそなたの上司羽倉外記様とて同じ選択を為されたで、よう承知していよう」

「いかにもさよう」

「ゆえに、こたびの上州入りにはだれの指図もござらぬ」

「と申されますと」

「ただの酔狂、国定忠治がそなたらの手に捕縛されるのは目に見えておる。あるいはすでにそなたらの手に落ちておるのかもしれぬ。そなたも察していようが、忠治とそれがし、馬が合《お》うた。せめて最期の別れくらい為す義理があろうと、江戸を発ってきた。そなたゆえ、申し上げておく。父にはこの上州入りの一件を告げてきた。その折り、父がなにがしか路銀として餞別《せんべつ》をくれた。中山どのなれば、お分かりになろう。父もそれがしも、国定忠治がいたればこそ、父は思いがけなくも幕閣の一員として奉公を務められ、それがしは遠島の身を許されて、そなたの仲間を始末する影御用を命じられた。天保の改革なる幕府最後のあがきの時節ゆえかように尋常ならざる行いが許されたのであろう」

「いささか勝手な理屈にございますな」

「それがしの昔の所業を問い質しに参られたか」

「いえ、そうではございません。こたびの忠治捕縛はわれらに残された面目《めんもく》を立てる最後の機会にございます。夏目影二郎様に邪魔立てされると、われら、忠治捕縛の前にそなたさまを死にもの狂いで始末せねばなりませぬ」

「中山どの、忠治が中気に倒れたという知らせが真なれば、国定忠治の天命もこれまでじゃ。だれにも邪魔立てはできぬし、それがしがなにかを為すことはない。この返答で満足していただけぬか」

「しかとさようでございますな」

「夏目影二郎、二言はござらぬ」

　中山誠一郎の固い表情がようやく和んだ。

「安堵いたしました。われらにとって、忠治以上に怖いのは八州狩りの夏目影二郎様にございます」

「七年の空白は、上州を変え、人を変えるに十分な歳月と思わぬか。父は怖い家付きの嫁女のもとで盆栽いじりに精を出しておられる」

　影二郎の言葉にうなずいて笑みを浮かべた中山誠一郎が、

「夏目様は、お玉が池の玄武館道場で客分として剣術の指導をなされて無聊を託っておられますか」

「それがしにもそなたらの監視の目がついておるのか」

「当然のことでございます。夏目様に始末されたわが仲間には、始末されるだけの理由がございました。そのために関東取締出役の評判は地に落ちたのでございますぞ」

「それがしの所業に功があるとするならば、峰岸平九郎、尾坂孔内、火野初蔵、数原由松、足木孫十郎、竹垣権乃丞の六人を始め、腐敗したそなたの仲間を始末したことで、関東取締出役の役目が再生し、生き延びたということではないか。

そのことをそなたや関畝四郎どのらの行いに見ることができよう。これもまた勝手な言い分か」

「いえ、お上はどうお考えか知りませぬが、それがしは夏目様の功績も承知しておるつもりです。ゆえに」

「差し出がましいことを為すなと釘を刺しに来たというのじゃな」

「はい」

「父が老いたようにそれがしもこの七年で齢《よわい》を重ね申した。もはや無法などできようか。ただ、大前田英五郎親分と同じように国定忠治に最期の花道を飾ってほしいと願うだけだ。だが、もはや中気の身では、自裁もできまいな」

「忠治の自裁はわれらがいちばん恐れることにございます。関八州から会津までわれらを走らせ、幕府を揺るがした博徒忠治はお縄にせねば、関東取締出役の面目丸潰れにございます」

中山の言葉に影二郎は素直に首肯した。

「そなたらの考えと御本丸の思いが一致しておることを願う」

こんどは中山がうなずいた。

「忠治が死に際を誤ることなく花道を飾ってほしいと願う」

と影二郎が言葉を重ねた。

「されど、夏目様が忠治の死に際になんぞ為すことはございませんな」

「中山どの、幾たびも念を押さずともよい。ひとつ、願いがござる」

「なんでございますな」

「忠治がそなたらの手に捕縛されたのち、然《しか》るべき機会があればそれがしを忠治と会わせてくれぬか。むろん、そなた立ち会いの下でよい」

しばし沈思した中山誠一郎がうなずき、

「その代わり、そなたらより早く忠治の居場所が分かるようなれば、中山誠一郎どの、それがしが会う前にそなたに通告いたす」

との言葉に中山が影二郎の顔を凝視し、

「相分かりました」

と答えると切り株から立ち上がった。

四

その日の夕暮れ、舞々の五助らがばらばらにそね婆の流れ宿に戻ってきた。

影二郎はご苦労であったな、と囲炉裏端で迎え、一人ひとりから報告を聞いた。

中山誠一郎が帰ったあと、そね婆に奉書紙《ほうしょがみ》を一枚もらっていた。むろん新しい紙ではない。なにかに使われたか、そね婆が大事にとっておいた紙に日光例幣使街道、足尾銅山街道、日光裏街道を、これまた流れ宿にあった矢立《やたて》を借りて描き込み、三つの街道がほぼ卵型に交わって作る空間の中に、伊勢崎、国定村、五目牛村、田部井村、八寸《はちす》村、小斎《おざい》村などを細字で書き込んだ手書きの絵地図を広げて、五助らの報告の中で、

「これは」

と思えるものの日付を書き込んだ。むろんその日付にその場所で、

「忠治らしき者を見た」

との報告に基づいてだ。

だが、影二郎の判断では、信頼のできる最新の報せはひとつもなかった。それでも忠治が倒れた妾のひとりの町のところから五目牛村の妾の徳の家に戸板で移されたという情報は複数あり、徳は最初病の忠治を受け入れ、医者を呼ぼうとしたが、忠治が反りの合わない妾の町と同衾中に倒れたことを知った徳が激怒し、

「お町の家で倒れたのなら、お町が面倒見ればよい」

と忠治を突き返したことや、忠治の実弟の友蔵や忠治の跡目を継いだ境川の安五郎らは困惑しつつも、戸板に乗せた忠治をどこかへ運ばざるをえなかった事情が浮き彫りになってきた。

中気に倒れた忠治にとって、いちばん頼りになるのが菊池徳だった。徳の家は家敷地も広く、奉公人を何人も抱えるほどの分限者であり、豪農だ。町への嫉妬とはいえ、徳に見放された忠治の苦境が五助らの報告で改めて確かめられた。

だが、忠治がただいまどこに潜んでいるか、この日の報告では、

「分からなかった」

と影二郎は判断した。

最後に戻ってきたのは逃散して江戸に一家で向かうという有三だった。顔にあざを作った有三が、

「夏目様、確かな話はございません」

とすまなそうに影二郎に詫びた。

「有三さんよ、おめえもか。そのあざは御用聞きにやられたな」

と五助が言い、

「夏目の旦那、こちらが歩いているだけで十手持ちに咎《とが》められて、おれも何度も

横っ面張られたぜ」

と忌々《いまいま》しいという顔で言い足した。

「すまなかった」

「なあに、これも日当の内だ。わっしらが十手持ちにいたぶられるのはいつものことだ。あやつらも親分の居場所を突き止めてないことは確かだな」

「舞々、それは分かっておる」

「流れ宿にいてよ、夏目の旦那は八州廻りの手の内が分かるってか」

「そうではねえだ、舞々よ」

と夕餉《ゆうげ》の仕度をしながら口を挟んだのは、そね婆だ。

「だれぞ知らせに来たか」

「ああ、八州廻りの旦那がな」

「えっ、昨日の役人がまた姿を見せたか」

「違うだ。昨日の奴の頭分、中山誠一郎って人がうちに来ただよ」

「えっ、中山誠一郎だって、そりゃ、本物の八州廻りだ。昨日の小物とはだいぶ違うな。夏目の旦那、中山はなにしに来た」

「それがしに御用の邪魔をするでないと釘を刺しに来たのだ。あの様子では忠治が捕縛されていないことは確かであろう」

とだけ影二郎は答えていた。

「旦那の命でよ、おれたちが動いていることが知られてしまったんじゃないか。となると、明日は今日よりも厳しくなるな」

と五助が言った。

「縄張り歩きはよしにするか」

「そんなこと言わないでくんな。一日二朱なんて稼げないもんな。一つふたつ殴られたくらいでやめられるものか」

五助の言葉に六人の男がうなずいた。

「無理をせずにやってみよ。どこかで必ず忠治の足取りがつかめるはずだ」

「忠治親分の居場所さえ分かったら五両だもんな」

その言葉が男たちを奮い立たせた。

「ご一統、どぶろくじゃが酒は用意してある。夕餉もそね婆と有三さんのかみさんが作ってくれるそうだ」

「ありがてえ。これで元気が出てきたぜ」

舞々がもらいものという米や芋をそね婆に渡した。それぞれ盗区歩きの頂戴も

のをそね婆に差し出し、

「朝餉の食いものはなんとかなるべ、おびんさん」

と有三の嫁に渡した。

影二郎は酒の仕度をする女がおびんという名であることを初めて知った。

「それにしても八州狩りの旦那の名はなかなかのものだな」

と言い出したのは陰陽師だ。

「それがしの名が未だこの界隈に流れておるか」

「ああ、八州狩りの夏目影二郎が上州に戻ってきたという話を八つ半（午後三時）頃から耳にし始めた」

「わしも聞かされました」

有三が言い、上の娘を抱いて囲炉裏端に座った。娘は二つか、指をしゃぶっていたが大人しい娘だった。

「八州廻りが二日も続けて流れ宿に来たのだ、いたし方ないか」

五助が茶碗酒でどぶろくをきゅっと呑み、

「旦那、仲間は来たか」

「そろそろ現われてもよいころじゃが、未だ姿を見せぬ」

影二郎は、菱沼喜十郎・おこま親子より坊主姿の蝮の幸助の音沙汰がないことが気掛かりだった。幸助は、忠治の子分としては異色の一匹狼だが、手下であることに間違いはない。当然、関東取締出役でも忠治の耳目の密偵のことは承知していた。捕まれば極刑の沙汰が下ることは間違いない。

影二郎はどぶろくを口にする前に小便をしようと表に出た。

いつの間にか、夜の帳《とばり》が利根川河原に下りていて、空には星辰《せいしん》がきらきらと光っていた。

利根川の本流に流れ込む小川で小便を始めた影二郎は、闇に潜む人の気配を感じ取った。

「八州狩り夏目影二郎様か」

闇から低声《こごえ》が問うた。

「いかにも夏目じゃ」

「幸善坊からの言付けだ。噂に惑わされてあちらこちら走り回らされているが、すべて嘘っぱちばかりだそうな」

蝮の幸助でさえ忠治の居場所を見つけられないでいた。流れ宿の舞々らがきっかけさえつかめないのは当たり前だった。だが、広く網を張るしか、忠治の居場所を探し当てられないことも分かっていた。

「相分かった。それがしのところに中山誠一郎が御用の邪魔立てをするなと釘を刺しに来たと伝えよ」

「えっ、八州廻りの中山誠一郎が来ただか、八州狩りの旦那に釘を刺しに来ただべか」

「そう伝えれば、幸善坊は中山の意とするところを察しよう。くれぐれも気を付けよと伝えてくれ」

へえ、と声を残して闇の気配は消えた。

小便を済ませた影二郎は流れの上流で手と顔を洗い、流れ宿に戻った。

翌日も舞々の五助や有三らは忠治の痕跡を求めて、縄張り内をそれぞれ商いを装いながら噂を拾い集めた。だが、二日目も三日目も芳《かんば》しい情報は得られなかった。

病に倒れても縄張り内の国定忠治は別格、腐っても鯛なのか。

子分四、五百人と豪語し、威勢を誇った時分の忠治を盗区内で匿うのは至極当たり前のことだった。水呑み百姓から絹ものでひと財産を築いた分限者の旦那衆までが進んで宿を提供した。だが、落ち目になり、中気まで病んだ忠治にねぐらを差し出す家が未だあるのだろうか、影二郎は信じられない気持ちだった。

朝早く出かけて夕方遅くまで流れ宿に戻ってこないのは、いつも有三だった。日当の二朱で子どもの食べ物なんぞを買い求めていることもあろうが、その疲れた顔から有三が必死で影二郎の役に立ち、できることなれば五両の報奨を頂戴したいと考えている、その気持ちが他のだれよりも強いことが察せられた。村を逃散した有三は、なんとしても一家のために生計《たつき》を立てねばならなかったのだ。

「夏目様、すまねえだ。親分さんの話は昨日より耳にしただが、縄張りの外に出たという話もあれば、国定村の寺に匿われていなさるとも聞いた。だが、ほんとうのことかどうか分からねえだ」

「有三さんよ、わっしは赤城山にまた籠もったという話を聞かされただ」

と客のひとりが言い出した。

「今の親分に赤城山に籠もってお上に盾突《たてつ》くなんて力はねえべ」

とそね婆が応じたとき、流れ宿の戸が押し開かれた。

背に竹籠を負った鳥追い姿のおこまと、弓袋に包んだ飛び道具を携えた白髪頭の菱沼喜十郎だ。

「影二郎様、遅くなりました」

とおこまが詫び、喜十郎が会釈した。

「待っておった。まあ、上がれ」

奇妙なふたり連れを流れ宿の全員が見た。

大年増《おおどしま》になったおこまだが、菅笠《すげがさ》を脱いだ顔は艶っぽい美形で男たちに息を呑ませるに十分だった。

「夏目の旦那の待ち人は、こんな綺麗な姉さんか」

「舞々、手出しなんぞ考えておると、南蛮渡りの連発短筒の餌食《えじき》になる。そうでなくとも道雪《どうせつ》派の弓の達人の親父様が黙っていまい」

「なに、親子か、奇妙な組み合わせだな。八州狩りの旦那の仲間だ、一筋縄ではいくめえな」

と舞々たちが得心した。

おこまが背に負うた竹籠から角樽《つのだる》を取り出し、

「ご一統様、私ども親子の挨拶にございます」

と差し出すとそね婆が、

「流れ宿に角樽だと、天地がひっくり返るべえ《けえ》」

と言いながら受け取った。喜十郎が船頭に渡し賃として一両を要求された、と苦笑いした。

「それはそなたらをここに案内する案内料よ、あとで払う」

影二郎の返答にそれは知りませんでしたと、喜十郎が応じ、

「そね婆、こうなるとどぶろくよりそちらに目がいくな」

と舞々が茶碗のどぶろくをきゅっと呑み干し、そね婆に突き出した。

「こりゃ、下《くだ》り酒《ざけ》だ。どぶろく臭い茶碗に注《つ》げるものか。茶碗を洗うべえ」

そね婆が一統に命じて茶碗を集める者や囲炉裏端の座を作り直す者などがいて座が改まり、角樽の酒が各自の茶碗に注ぎ分けられた。

おこまも菱沼喜十郎も影二郎の付き合いで流れ宿の暮らしに慣れていた。

この七年、影二郎同様に江戸から離れずに静かに過ごしてきた親子だったが、勘定奉行から大目付に転じた常磐秀信の監察方の体験は未だ親子の体内に生きていたとみえて、たちまちそね婆の流れ宿の雰囲気に馴染んだ。

一刻ほど酒を酌み交わしての夕餉が続き、影二郎と菱沼親子は梯子段を上がった中二階を提供された。

小さな行灯《あんどん》がそね婆から供されて、三人が向き合った。

「もはや察しておろうが、忠治がどこにおるのか関東取締出役も蝮の幸助もわれらもつかんでおらぬ」

「落ち目の忠治をかばう者が、未だ盗区にあるということですか」

「昨日あたりから忠治が会津に出たとか、赤城山に立て籠もったとかあれこれと風聞の行き交いが激しくなった。それがしが考えるところ、八州廻りの側でも逃げる忠治の側でも相手を攪乱《かくらん》しようと偽《にせ》の情報を流した結果と思える」

「われら、道中でも利根川を忠治が船で下って江戸に入り、医者にかかったという話を耳にいたしました」

「さような芸当がただいまの忠治と取り巻きにできるものか。まず上州盗区を抜け出てはいまい」

影二郎の言葉に親子がうなずいた。

「影二郎様、いささかわれら親子の江戸出立《しゆつたつ》が遅れましたには曰くがございます。常磐秀信様が私を呼ばれまして、ただいまの忠治も無力なら影二郎を助ける者もだれもおらぬ。喜十郎、楽隠居のそなたに頼むのはいささか心苦しいがと言い訳なされ、夏目影二郎を助けてくれ、これが最後の機会であろうと切々と願われましたのでございます」

「父上も老いられたな」

「ありがたい親心ではありませぬか」

「すでにそなたらには助勢を頼んであったのにな。父上はそなたら親子に願う以外になにがしか路銀などくれたか」

「いえ、それは。ただしそれ以上のものを預かってきました」

と苦笑いした喜十郎が応じた。

「それ以上のものとはなんだ」

「上州でなんの後ろ盾もなき浪人が関東取締出役に会《お》うたとき、これが役に立とうと、かようなものを預かってきました」

と喜十郎が書付を差し出した。

なんと中山誠一郎の上役であり、川路聖謨、江川英龍とともに天保の改革を進める水野忠邦を支え、「幕府三兄弟」と呼ばれた羽倉外記の添状《そえじょう》であった。つまり、中山誠一郎らと対立したとき、見せよということであろう。

「影二郎様、常磐の殿様のお心を軽《かろ》んじられてはなりますまい。腐敗した八州廻りを始末して回った上州で、夏目影二郎様がどれほどの力を持っておられるか。江戸城中では理解のできないことでございますからな」

「いや、羽倉外記様の添状、然るべき折りにはありがたく使わせてもらおう。父上は江川英龍様を通じて羽倉様に願ったのであろうか」

「いかにもさようです」

「ありがたいことよ」

としみじみ父の気遣いに感じ入った影二郎は、

「喜十郎、おこま、すでに中山誠一郎とは会《お》うた」

と流れ宿に中山自ら出向いてきたことを話した。

「中山様はなにしに参られたのでございますか」

おこまが尋ねた。

「それがしが上州入りした意図を知りたかったのであろう。それがし、正直に答えておいた。いや、われらが数日前、〈あらし山〉で忠治のことや上州のことを話し合《お》うたとき想像していたより、上州はだいぶ酷い。わずかひと握りの者のところに金が集まり、大半の者が飢えに苦しんでおるのは七年前どころではない。国定忠治に託された民百姓の夢は、もはや何年も前に潰《つい》えたにもかかわらず、忠治に願いを託しておる。その忠治は中気に倒れ、どこをどう彷徨《さまよ》い、隠れ潜んでおるのか知らぬが、もはや赤城山に立て籠もった時節の力はない。それでも国定忠治は、上州のために国定忠治を演じ続けねばならないのだ。そして、関東取締出役は、面目にかけて忠治を捕縛し、お上の力を示さねばならないのだ。忠治も、関東取締出役双方ともに苦しい戦いを強いられておる。そんなことを利根川を渡って感じたところよ」

「中山様は、なんとしても忠治親分をお縄にする意気込みでございますね」

「おこま、江戸から中山らは尻を叩かれておる。われらが日光社参の年に手を引いたあとも、中山も関もひたすら忠治の影を追って上州盗区から会津までの間を走り回ってきたのだぞ」

「七年でございますか」

「七年は長い。江戸で無聊を託っておったなどと考えていたが、忠治は逃げ、中山誠一郎は追いかける七年じゃ。時に気持ちも萎《な》えよう、それでも戦い続けねばならんのだ」

しばし流れ宿の中二階を沈黙が支配した。

「影二郎様、中山誠一郎様方を悩ます一事が江戸城内で決まったそうでございます。常磐の殿様が江川英龍様から耳にしたことゆえ、間違いではあるまいと申され、影二郎様に伝えよといわれました」

影二郎は御本丸がどのようなことを決したか、喜十郎の顔を見た。

「江戸では忠治倒るの知らせを受けて以来、十数日が過ぎようというのに忠治捕縛の知らせが届かぬと、幕閣らが大いに憤慨なされておられるそうな」

「見よ、喜十郎、上州の真の姿を御本丸のだれもが知らぬでさようなことを吐《ぬ》かしおるのじゃ」

影二郎の返答は静かな声音だったが、それだけに怒りが込められていた。

「影二郎様、われらが遅くなりました理由のひとつにございます。関東取締出役頼りにならずと考えられたか、大目付、目付、それに火盗改《かとうあらため》まで与力同心を動員して、それに怪しげな剣術遣いなどを臨時に雇い入れて、百数十人の上州への派遣を決定なされました」

「上州のことを知らぬ江戸者が大勢入れば入るほど混乱し、忠治を取り逃がすことになろう。そやつども、いつ利根川を越えるな」

「すでに深谷宿まで到着しております。われら、その者たちを見張りながら中山道を進みましたゆえ遅れました」

「中山誠一郎らは苦労するな」

「影二郎様、火付盗賊改方《ひつけとうぞくあらためかた》に北郷薬八郎《きたごうやくはちろう》なる剣客が加わっておりまして、道中でしばしば『国定忠治なる中気の博徒よりおれの狙いは、八州狩りの異名を持つ夏目影二郎を斃《たお》すこと』と広言しておるそうにございます」

喜十郎の言葉に影二郎はただ、

「煩わしいことよ」

と答えていた。

第三章　大前田英五郎

一

忠治の縄張り内の様子が、江戸から助勢の役人衆が入ったことで一気に混乱した。

忠治倒るの報に関東取締出役の中山誠一郎、関畝四郎らが、日光例幣使街道、足尾銅山街道、日光裏街道の三つの街道が交わる忠治の縄張り内を徐々にだが確実に調べ上げ、忠治の居場所を絞り込んでいた。

そんな最中、大目付や目付の配下、さらには火付盗賊改方の同心らが馴染みの薄い上州で役人風を吹かせ、手当たり次第に往来する人や蚕の世話をして働く人々を居丈高《いたけだか》に怒鳴り上げ、時には暴力を使って、国定忠治の隠れ家を吐かせようとした。

　このため、中山や関らが道案内、十手持ち、密偵らの情報を元に忠治の転じた先を丹念に追いかけ、あと一歩というところに迫っていた探索が、ががらと音を立てたように崩れた。

　いったん忠治の時代は終わったと、もはや忠治を見放しかけていた上州人が、

「江戸者がなにをしやがるだ」

とへそを曲げ、口を噤《つぐ》んで、役人らにそっぽを向いた。ためにそれまでの中山や関らの地道な努力は瓦解《がかい》した。

　ただ盗区内に無益な怒鳴り声と、無法ないたぶりに呻《うめ》く人々の声が響き渡った。利根川河原のそね婆の流れ宿にも江戸から来た新参者の役人どもが何度か押しかけてきた。すでに舞々の五助らの「素人探索」は不可能になっていた。

　新参者が勝手放題に荒らし始めた初日に七人の内、四人が六尺棒や長十手で殴られ、怪我をして流れ宿に戻ってきた。ために影二郎らは怪我をした者には焼酎《しょうちゅう》で消毒し、打撲《だぼく》の者にはそね婆が河原で摘んだ薬草で作った膏薬《こうやく》を貼って治療にあたり、一晩じゅう呻き声が流れ宿に響くことになった。

　影二郎は五助らと話し合い、探索を打ち切った。五助らの一日二朱の素人探索

は、ただ力に任せて相手から話を聞き出そうとする江戸流の乱暴な調べの下では無理だった。

「ちくしょう、五両をふいにしたぜ」

と嘆く五助らそれぞれに日当の他に怪我の治療代として一両を払い、聞き込みを打ち切った。

その翌日、五助らは忠治の盗区の外へと稼ぎの場所を変えることにして流れ宿を出ていった。

有三一家も影二郎から頂戴した金子を懐に流れ宿を去ろうとした。だが、幼子がいるので、他の者よりずいぶんと出立は遅かった。

影二郎は有三を呼んで、

「江戸に行くそうだが、頼る人はおるか。仕事のあてはあるか」

と改めて質してみた。すでにそね婆から有三一家のことを聞き出していた。だが、念を入れたのだ。

「夏目様、村を逃げ出すのに必死で、江戸に行けばなんとかなろうという安直な考えでこの利根川まで逃げてきましただ。江戸に知り合いはねえ」

不安そうな顔で有三が答えた。

「そなた、なんぞ手に職を持っておるか」

「手に職とはなんだべ」

「大工や左官のような技を有しておるかと尋ねておるのだ」

「百姓だべ、親方の下で職人の修業したわけでねえだよ。だども、やれと言われたことはなんでもやり通す根気はあるだ」

そね婆は有三夫婦の実直な人柄と手を抜かない仕事ぶりを買っていた。また子どもを可愛がる親の情は人一倍であることを、影二郎も流れ宿の暮らしの中で承知していた。

「有三、おびん、それがしが書状を認《したた》める。それを持って浅草寺門前西仲町で料理茶屋と甘味処を営む〈あらし山〉を訪ねてみぬか」

「だれの家だべ」

「それがしの実家じゃ。それがし、父は七年前まで老中水野様の下で大目付を務めた幕臣じゃが、亡き母は、この〈あらし山〉の娘でな。父と母は互いに惚れ合《お》うてそれがしを生《な》したというわけだ。ただいまこの料理茶屋と甘味処をそれがしの女房の若菜が切り盛りしておる。奉公人も大勢おるで、ひとりやふたり雇えぬことはあるまい。そなたらにその気があれば、身を寄せてみぬか。働く場所と寝場所は若菜が世話をしてくれよう」

影二郎の言うことを有三とおびん夫婦は予想だにしなかったようで、ぽかんとした顔でなんの反応も示さなかった。

「有三さん、おびんさん、夏目様の言われたこと分かっただか」

そね婆が質した。

「はあ」

「はあではねえ。このご時世にこげな話が転がっておるものか。子どものために江戸で働き口を世話しようという親切だべ。夏目の旦那に礼を言わねえか」

そね婆に言われた有三とおびんのふたりが、

がばっ

と囲炉裏端の床に額を擦り付けた。

「それがしの申すことを受けてみると考えてよいのだな」

「お、お願い申しますだ」

「ならば書状を認める。それまで待て」

影二郎は流れ宿のちびた筆と硯《すずり》を借りて若菜に宛てた書状を認め始めた。忠治の縄張り内は火事場騒ぎのようだと記し、すまぬがこの一家の面倒をみてくれないかと、若菜に願った。

もはや祖父の添太郎は亡くなり、いくの後見で若菜が料理茶屋と甘味処を実質的に切り盛りしていた。老舗の味に若菜の若い感覚が加わった〈あらし山〉は、浅草寺の参詣人で連日の大繁盛であった。ために奉公人も増えていた。

だが、この時節柄、江戸育ちの奉公人は、くるくると奉公先を変えて落ち着かない。実直に働く気の在所育ちであれば、〈あらし山〉にいくらでも仕事はあった。夫婦の人柄を確かめた上で影二郎は、若菜に頼むことを考えたのだ。

書状がほぼ書き上がり、影二郎が表書きを認めたとき、流れ宿の戸が乱暴に開けられた。

道案内も連れずに江戸者と思える役人が三人ほど流れ宿に入ってきて、影二郎や有三一家やそね婆を黙って睨んだ。

「なんぞ用か」

影二郎の問いに役人の顔色が変わった。

「問い質すのはわれらがほうじゃ。河原の破れ小屋《や》に怪しげな浪人者が巣くっておるとはどういうことか」

「そなたら、大目付、あるいは目付の支配下か。いや、そうではあるまい、火付盗賊改方の関わりの者と見た。日銭いくらで雇われ、上州に入り込んできたな」

「おのれ、言わせておけば。財前《ざいぜん》どの、こやつを表に引き出し、体を痛めつけてみますか。忠治の関わりの者かもしれませぬぞ」

ひとりが頭分に聞いた。

財前と呼ばれた頭分だけが打裂羽織《ぶっさきばおり》と道中袴の出で立ちで、残りのふたりは江戸であぶれた剣術家を急に雇い入れ上州に送り込んできた風情がありありと窺えた。

影二郎は書状を折りたたむと、

「これでよし」

と固まったままの有三に差し出した。

「これをな、若菜に渡せば悪いようにはすまい」

「待て、その書状を見せよ」

瘦身の剣術家崩れが影二郎の手から奪おうと、土間から板の間に跳び上がった。

影二郎が素手なことをよいことに、考えもなしに跳び上がった相手の足を影二郎の腕が払うと、
あわあわあわ

と驚きの声を発し、体の均衡を崩し土間に転がり落ちた。

「おのれ、許せぬ」

頭分と仲間の前で恥を掻いた痩身が必死で立ち上がると、痛みを堪えて刀の柄《つか》に手をかけた。

「待った。この家は天井も低いし、土間も狭い。そなたら、河原に出よ、存分に相手をいたそう」

影二郎の言葉に頭分の打裂羽織が顎でふたりの配下に表に出るように命じた。

「逃げるなよ」

「見てのとおりだ、裏口とてなき流れ宿、案ずることはない」

と応じた影二郎は、

「よいか、騒ぎが済んだら、それがしがそこまで送っていこう」

有三一家に言い残し、素手のままに表に出ようとすると、そね婆が、

「夏目の旦那、いくらなんでも素手はあるめえ。一年も前に宿賃が払えねえ剣術遣いが木刀を形《かた》に置いていっただ。そいつがほれ、戸口に立てかけてあろう」

と告げた。

「枇杷《びわ》材の木刀、使い込んでおるな。その者、なかなかの腕前と知れる」

と言いながら、影二郎は一、二度土間で素振りをすると、表に出た。すると三人ではなく表には他に四人の仲間がいた。

「忠治ではないではないか」

「だれが中気の忠治がいると言うた。相手が素手ゆえ、つい油断した」

と未だ土間に打ち付けた体が痛むのか、腕を回しながら痩身の男が言い、

「木刀でわれらに相手するとはいい度胸だ」

と仲間の手前、虚勢を張った。

影二郎は流れ宿の騒ぎを利根川河原の一角、葦原から見詰める目を意識した。こやつらの仲間でないことだけは確かだ。視線を粋がる痩身と頭分に向け直した。

「そなたが先鋒《せんぽう》か。その前に打裂羽織どの、身分姓名を名乗らぬか」

「火付盗賊改方同心財前棟四郎《むねしろう》。それがしの流儀は北辰一刀流」

「ご丁寧に流儀まで付け加えられたか。千葉周作先生の門下とな、面白いな」

火付盗賊改は、江戸市中を対象にして下手人の捕縛、取り調べを行う役職で武《ぶ》鑑《かん》でも役職名は固定していない。当初は、先手頭《さきてがしら》などからの加役《かやく》であり、火付改、盗賊改、博奕改が別々に存在していた。

盗賊改の任命は、寛文《かんぶん》五年（一六六五）に先手頭の水野小左衛門《みずのこざえもん》が「関東強盗

追捕《ついぶ》」に任じられたのが最初であった。天和三年（一六八三）に火付改が設けられた。元禄《げんろく》十二年（一六九九）に火付改・盗賊改はいったん停止されたが、元禄十五年（一七〇二）に盗賊改が再置され、同じ年に博奕改が新設された。翌元禄十六年に火付改が復活。享保三年（一七一八）には、これまでの各職分掌を改めて、火付改・盗賊改が併せて火付盗賊改となった。このときは先手頭の加役としてだったが、文久《ぶんきゅう》二年（一八六二）には先手頭との兼任制を廃止して専任の役職となった。

かように時代が荒《すさ》んでくると、火付盗賊改が暗躍することになった。捕縛者は咎人を町奉行に引き渡す決まりであったが、火付盗賊改も白洲《しらす》を持ち、仮牢《かりろう》を設けて独自の活動を為していた。

こたびの忠治捕縛騒ぎも、城中のだれかの具申《ぐしん》が罷《まか》りとおり、本来の取り締り外の上州まで出張《でば》らされたのだろう。つまりは一時的な加役、臨時の与力、同心ではあるまいか。

「財前とやら、近頃お玉が池に面を出しておるか」

「なにっ、浪人の分際で火付盗賊改のそれがしを呼び捨てにいたすか。北辰一刀流の道場には二日に一度は稽古に通うておる」

と胸を張った。

「近頃北辰一刀流の玄武館の名が高いでな、千葉先生に無断で名を借用する輩が増えておるそうな。そのほうも大方、騙《かた》りであろう」

「吐《ぬ》かしおったな。そのほうの詮議、厳しく問い質してくれん。名を名乗れ」

「止めておけ。恥を掻くだけだ」

「ああ言えばこう言うて、口先だけの素浪人め」

「夏目影二郎」

と突然影二郎が名乗った。

「夏目じゃと」

「玄武館道場の客分、いや、居候と言うたほうがいいか。江戸におるときは暇に飽かしてお玉が池に通っておるが、そなたの面は見た覚えがない」

「八州狩りの夏目影二郎か」

「昔の異名じゃ」

「忠治とつるんでおると噂に聞いたことがある。こやつを捕えよ」

財前が命じて、影二郎に土間に転がされた痩身の剣術家が刀を抜き、仲間が倣《なら》った。

財前だけが六人の輪の外に立った。

「玄武館の荒稽古に百人立ち合いというのがある。次から次に延べ百人が挑んで、ひとりを休ませずに打ち合う稽古じゃが、そなたら六人の力では、いささか物足りぬな」

影二郎の挑発に痩身の男が影二郎が片手に垂らした木刀を見ながら、八双《はっそう》からきえっ、と気合を発して踏み込んできた。

影二郎のだらりと垂らされた木刀の先端が片手保持のままに上げられ、突っ込んでくる相手の喉元に差し出された。

痩身の男は、枇杷材の木刀の先端に吸い込まれるように飛び込んできて、喉を自ら突き破り、

「うっ」

と呻いて一瞬立ち竦み、腰砕けにその場に崩れ落ちた。

「藤村《ふじむら》の仇じゃ」

五人が一斉に影二郎に打ちかかった。

だが、影二郎は左手に跳んで相手の刀を避《よ》けると、ひとりの胴をしたたかに強打し、さらに四人の間に自ら跳び込むと、木刀を左右前後に振るった。

その動きは、片手殴りに行われ、動きはひと筆書きの筆先のように動きを止めることなく完結した。

六人は一瞬の間に利根川河原に転がっていた。片手殴りで手加減したために失神した者はいなかった。だが、痛みに呻き声を発して転げ回っていた。

財前棟四郎が茫然自失《ぼうぜんじしつ》していた。

「どうだ、北辰一刀流の腕前を披露してはくれぬか」

「お、おのれ」

言葉を吐き出した財前が刀の柄に手をかけて、ぶるぶると身震いした。

「そなたの仲間に北郷薬八郎とか名乗る剣術遣いがおるそうな。そやつに伝えてくれぬか。夏目影二郎を斬りたければ、覚悟をしてこいとな。そなたの北辰一刀流では斬れぬ。仲間を連れて去《い》ね」

と命じた。

「夏目影二郎、油断した。次は許さぬ」

「勝負に負けた相手のお決まりの捨てぜりふかな。楽しみにしておる」

影二郎の言葉に財前が六人の配下を罵《ののし》りながら、立ち上がらせた。

「おお、そうじゃ、財前氏《うじ》。最後にひとつ、余計な節介《せっかい》をしておこうか。国定忠治の捕縛は、何年も前から必死の探索を続ける関東取締出役の中山誠一郎どのや関畝四郎どのに任せることだ。そなたらが上州で騒げば騒ぐほど、忠治の影は遠のいていく。餅は餅屋と申そう。長年苦労してきた中山どのらに花を持たせることだ。その機微《きび》も城の中でぬくぬくとしておる幕閣の者どもには分からぬか」

財前が六人を連れて河原から土手へとよたよたと上がっていった。

影二郎は葦原の一角に視線を向けたが、もはや騒ぎを見つめる目は消えていた。

「有三、出てこよ」

それぞれ背に子を負ぶった旅仕度の有三、おびんの夫婦が姿を見せて、最後にそね婆が、

「夏目の旦那がいると、退屈はしないやね」

と言ったものだ。流れ宿の中から騒ぎを見ていたらしい。

「そんなことより船はそろそろではないか」

「おうさ」

影二郎は前夜にそね婆と有三一家を江戸に送り込むことを話し合っていた。その折り、そね婆が、

「江戸で夏目様の家で働けるのはいいが、幼子をふたり負ぶって江戸までの旅は

大変だべ」

と言い出した。

「なんぞ知恵がありそうだな」

「伊勢崎はずれの利根川と例幣使街道がぶつかるあたりに、船着場があってよ、利根川を荷を積んで下るだよ。船頭次第では人を乗せてなにがしか船賃を稼ぐ者もいるだ。水戸街道我孫子《あびこ》まで船で行けば、江戸に近いだよ。その先はだいぶ楽ではねえか」

「そね婆に心当たりがありそうじゃな」

「うちの倅が船頭よ。明日にも河原に待たせておくことができるべえ」

「船賃はいくらだな」

「夏目の旦那にはさんざ散財をさせただよ。倅のことだ、銭はいいだ」

「酒手《さかて》だ。一両で一家を我孫子まで送り届けてくれ」

そね婆に願っていた。

有三一家を送って葦原を抜けると、伊勢崎で織られた反物を積んだ川船が待っていた。

「おっ母、待たせるでねえよ。荷運びは約定の刻限があらあ」

と年嵩《としかさ》の男がそね婆に文句を言った。

「富蔵《とみぞう》、八州狩りの旦那の前で大口叩くと、腕の一本も斬り落とされるだ」

「ばか言うでねえ。船頭が腕をなくしたら商いは上がったりだ」

と倅の富蔵が答え、

「倅どのか、なにかの縁じゃ、我孫子までこの四人を頼む」

と影二郎が願うと、

「へえ、旦那。間違いなく我孫子河原まで届けますだ」

と約束し、

「有三、おびん、江戸で会おうか」

と別れの言葉を告げる影二郎に子を負ぶった夫婦が深々と頭を下げて船に乗り込んだ。

富蔵が一家の座り場所を示して落ち着いたところで、

「舫《もや》いをほどけ」

と声をあげ、利根川の流れに乗った荷船が下流へと下り始めた。

「夏目様、ご恩は忘れねえだ」

と叫ぶ有三の声が流れの向こうに消えていった。

二

利根川河原のそね婆の流れ宿に影二郎は留まっていた。ただ無為な日が過ぎていき、影二郎は流れ宿に一夜を求めてやってくる旅人を迎え、次の朝、送り出していた。そんな客の中には明らかに江戸から派遣されてきた大目付か目付の関わりの密偵と思える者もいた。だが、影二郎がただひたすら流れ宿にいることを知って出ていく者もいた。

中山誠一郎や関畝四郎ら関東取締出役も、江戸から派遣されてきて盗区を引っ掻き回す火付盗賊改も大目付、目付の配下らも、忠治を今一歩まで追い詰めながら、捕縛できていなかった。

流言蜚語《りゅうげんひご》が上州に飛び交っていた。

そのひとつが盗区の外に忠治は運ばれたというものだ。

おこまは、その噂が間違っていると思われても、一つひとつ丹念に自分の足と目で確かめて潰していった。

たとえば、会津街道の入口、老神《おいがみ》の湯にひそかに湯治しているとの風聞に湯治場を訪ねたが、忠治がいた様子はなかった。また赤城山山麓に忠治の影を追ったが、そこにも気配はなかった。

一方、父親の菱沼喜十郎は、

「葉を隠すには森の中へ」

との密偵の格言を思い出し、盗区の宿場の中でも大きく住人の多く住む足利、桐生《きりゅう》、伊勢崎、本庄《ほんじょう》、深谷などの賭場や伝馬宿《てんま》をしらみ潰しに当たった。

だが、八州廻りの面々や江戸者の大目付、目付、火付盗賊改の関わりの者と鉢合わせしても、どこにも忠治一統の姿はなかった。

忠治が中気に倒れたのが七月二十一日であった。すでに二十日以上が経過し、仲秋も半ばを過ぎようとしていた。

影二郎にもたらされる情報によれば、田部井村の名主西野目宇右衛門宅に潜んでいたことは確かで、そこで妾の町の看病を受けて忠治の容態はわずかに持ち直したとか。呂律《ろれつ》が回らなかった口調が一語一語ゆっくりと話せば、町らに聞き取れるまでになっていたとか。

信憑性《しんぴょう》のある話だった。だが、宇右衛門の屋敷は関東取締出役が真っ先に目をつける隠れ家であり、常時見張りがつき、これまでも何度か手入れが入った。

だが、いつも空振りに終わっていた。

中山誠一郎は、忠治が最後に頼るのは、妾の菊池徳か、この西野目宇右衛門宅だと確信していた。

だが、秩序だった絞り込みを江戸から急遽《きゆうきよ》派遣された大目付の同心ら新参者ががたがたにして、盗区という縄張りの水を掻き回し、濁り水に変えたために忠治は濁った水底にひっそりと息を潜めて、今一歩中山らの手が届かなかった。

宇右衛門の周りでは、忠治が、町と徳を伴い、

「会津に落ちた」

とか、

「会津を訪ねて生涯を町と子の三人で暮らす」

などという忠治の行動や言葉が探索の網にかかった。だが、当の忠治がいないのでは、なんともしようがない。

中山誠一郎は、忠治の周りには未だ道案内や十手持ちがひそかに連絡《つなぎ》を持ち、こちらの動きを伝えていることを承知していた。だが、忠治の金が尽きれば、その縁は切れ、必ず裏切り者が現われると確信していた。

そのために中山らは、忠治に献金する盗区内の連中を時折り締め上げ、

「忠治を匿った者は死罪に処す」

と通告して回っていた。

忠治側は盗区の濁り水を干し上げる大捕物に、だんだんと居場所を失い、確実に追い詰められていた。そのことを中山らはひしひしと感じていた。

忠治の実家の長岡《ながおか》家には実弟の友蔵がいたが、友蔵も金の工面《くめん》に困っているのがありありと感じられた。また忠治が跡目を継がせた境川の安五郎には、露骨に賭場など金を吸い上げるしのぎの場を邪魔して稼ぎができないように厳しく取り締まっていた。

じわじわと濁り水の水底に網が絞られていく。

おこまと喜十郎が連れだって利根川河原のそね婆の流れ宿に戻ってきた。秋の陽射しに灼けたふたりの顔には、明らかに徒労《とろう》の痕《あと》があった。

「ご苦労であったな」

「夏目様、七年の歳月はわれら親子の勘を鈍らせておるようです」

喜十郎が呟く嘆きをその夜流れ宿に泊まった全員が聞いた。そして、その客の中には関畝四郎の手先が紛れていた。

「いたし方あるまい。中山誠一郎どのや関畝四郎どのら、十年以上も忠治のあとを追ってきた敏腕の役人が忠治を捕まえられないのだ。われら、江戸から別れにきた者が八州廻りの邪魔をせぬように聞き回るくらいで、忠治に会えるわけもない。今宵、江戸に戻るかどうか相談いたそうか。路銀も尽きたでな」

影二郎の言葉は関東取締出役の手先に向かって告げられたものだ。むろん、手先とて影二郎らの言葉をそのまま鵜《う》呑《の》みにして受け止めたわけではない。

八月の半ばを過ぎて利根川河原の流れ宿にだんだんと寒さが募り始めていた。上州を旅する稼ぎ人の数も減っていた。

「そね婆、皆にどぶろくを振る舞ってくれぬか」

影二郎がなけなしの金を出すふりで酒を願った。

囲炉裏端に影二郎、菱沼親子の他にその夜の泊まり客が五人集まり、茶碗でそね婆が仕込んだどぶろくをちびちびと嘗めた。

「夏目の旦那」

と関の手先と思える男が呼びかけた。

「なんだな」

手先は旅の渡世人に化けていた。

「旦那が忠治親分に会いに来たというのは、ほんとうのことか」

「おまえが関東取締出役関畝四郎どのの手の者と同じくらいに確かなことだ」

「わっしが八州廻りの手先だなんて、当てずっぽうは言わないことだ。大きな迷惑だべ」

「やめておけ。互いに化けの皮は剝《は》がれておるのだ。この期《ご》に及んで繕ったところでいたし方あるまい。忠治の博徒としての生涯は終わった。今宵は生前供養と思うて呑もうではないか」

「夏目様は江戸に戻られるか」

影二郎に決めつけられた相手が反問した。

「仲間のふたりと今晩話し合うてみる。だが、その前に」

「その前になんだ」

「そなたの名はなんだ」

「藪塚《やぶづか》の小太郎《こたろう》」

「江戸に戻る前に大前田の親分に挨拶をしていきたい。小太郎、おれの道案内を明日務めてくれぬか」

「なんだって大前田英五郎親分に会う」

「余計な問いだな。おれはその昔、八州狩りと呼ばれて上州に関東取締出役を始末して歩いたことがあった」

小太郎ら囲炉裏端の客が黙ってうなずいた。

「その折り忠治に出会い、互いに騙し騙されしてきたが、大前田の親分には縁がなく挨拶する機会を失していた。こたびの上州訪問がおれの最後の上州旅だ、親分に挨拶して忠治が捕縛された折りには、宜しく頼むと願って江戸に戻りたい」

影二郎の言葉は囲炉裏端に淡々と響いた。それだけに真の気持ちだと皆の胸に伝わった。

「夏目様は、わっしが八州廻りの関様の手先と決めつけられた。そんなわっしが大前田の親分のもとへ、おまえさまを案内できるものか」

「関どのの手先と分かれば、大前田の子分たちに膾《なます》にされるか。上州の三親分と呼ばれる親分がそんなケチくさいことをするものか」

「なぜわっしを選んだ」

「なぜかのう、おまえがおれに話しかけたのが運の尽きと思え」

しばらく考えた藪塚の小太郎が、

「よし、関の旦那に申し上げた上で、明朝宿に戻ってくる」

と言い残すと呑み残しの茶碗を囲炉裏端に置いて立ち上がった。

戸口から関畝四郎の手先が消えて、

「これで八州廻りの手先が消えてせいせいした。呑み直そうか」

「影二郎様、お残りの方々も忠治親分を追う面々と見ましたがねえ」

ふーん、とおこまの言葉に鼻で返事をした影二郎が、

「呉越同舟《ごえつどうしゅう》という言葉もある。だれもが立場こそ違え、忠治を追いかけ、あやつの最期を飾ろうとしておる面々だ。そんな者が共に過ごす一夜も忠治の供養だ、お互い野暮《やぼ》は言うまい」

と影二郎が答えて、囲炉裏端にほっと安堵の溜息が漏れた。

翌日、藪塚の小太郎と名乗った関畝四郎の手先は流れ宿に戻ってこなかった。

今日も菱沼喜十郎・おこま親子は盗区内を忠治の影を見つけるために流れ宿を出ていった。関東取締出役も大目付や目付の配下、火付盗賊改も菱沼親子の正体を承知していた。ために多勢に任せて乱暴をするなどのことは控えていた。

流れ宿に独りになった影二郎は利根川河原に出てみた、なにかのあてがあったわけではない。すると過日、有三一家四人を乗せた富蔵船頭の荷船が岸辺に泊まっていた。どこまで行ったか知らぬが、伊勢崎の船問屋まで引き船で上っていく

帰り道らしかった。

「夏目の旦那、あの逃散者《ちょうさんもの》の一家を水戸街道我孫子宿の船着場に確かに下ろしましたぜ。二、三日前、江戸に着いていてもおかしくございませんや」

「それはよかった」

「旦那の実家にあの一家を奉公させるように文まで持たせ、路銀までくれてやったようだね。あいつらが旦那の気持ちに応えてくれるとよいんですがね。上州者は、意外と辛抱が足りませんからね」

「いや、あの一家は心配ないとは目利き、そなたの母親の見立てだ。まず間違いなかろう」

「なに、うちのお袋の言葉を信じなさったずか。そりゃ、どうかな」

「そね婆の考えだけではない。有三は愚直だが、人を騙したり手を抜いたりする男ではないとおれも見た」

「お袋と夏目様の見立てが当たっていることを祈ってますだ」

と答えた富蔵が、仲間ふたりに、

「最後のひと頑張りだ」

と荷を積んだ船を岸辺沿いに綱で引き揚げていく作業に戻った。

仲秋の陽射しが赫々《あかあか》と利根川の川面を光らせていた。

影二郎は葦原に潜む人の気配を感じた。だが、しばらく気がつかないふりをして、流れを見つめていた。

手には流れ宿に宿代の代わりに置いていかれたという木刀があった。

相手が動くのを待って、ただ岸辺に立っていた。

あかを拾った利根川河原対岸を見た。あのときから十数年の歳月が過ぎて、あかは、江戸の長屋で住人たちに見守られて最後の日々を過ごしていた。

忠治や影二郎のように、あかにはなんの野心も欲望もない。ただ人を信じて旅をし、江戸の裏長屋で番犬を務めてきただけだ。

（あかは幸せな犬よ）

と影二郎は思った。こんど江戸に戻ったら、できるだけあかといっしょに過ごす時を作ろうと思った。

そのとき、

「南蛮の旦那」

と葦原の中から蝮の幸助の声がした。

「坊主かえ」

「ああ、坊主の幸善坊だ。これまでのように流れを所在なげに見詰めてよ、おれの話を聞いてくんな」

「話せ」

「ようやく親分の居場所を突き止めた。だが、顔を見たわけじゃねえ。親分は会津に逃げる算段をしてなさる。そのためには今の居場所からいったん田部井村の名主の屋敷に戻らねばならねえ。金の都合のためだ」

蝮の声がいったん途絶えた。

周りの気配を探っている様子があった。

「案ずるな。河原にいるのはおれとおまえだけだ」

「だが、西野目宇右衛門のやつ、もはや親分に金を都合する気などない。それより親分を匿った罪でよ、親分と連座《れんざ》させられるのを恐れてやがる。あやつ、いつ裏切っても不思議ではねえ」

「それが人よ。口当たりのいい人情なんて言葉には、離反も裏切りも騙しも潜んでおるのだ。忠治とて知らぬわけではあるまい」

「だが、今の親分にはそんな宇右衛門にすがるしか手はねえんだ」

幸助の言葉には底知れぬ寂寥《せきりょう》が、哀しみがあった。

「おりゃ、南蛮の旦那から頂戴した五十両を人を通じて親分に届けてもらうことにした」

「螋、おまえも柔《やわ》になったな。この盗区のだれを信じろというのだ。そやつが猫《ねこ》糞《ばば》しないとだれが言い切れる」

「旦那、おれだって考え抜いてのことだ。遣いを願ったのは大前田の親分さんだ」

「ほう、考えたな。英五郎親分に願ったか。ならば、そなたが苦労した甲斐《かい》があったというものだ」

「南蛮の旦那、礼を言うぜ。親分に五十両が渡れば、親分は町さんを連れて会津に落ちなさろう。おれは、会津街道の追貝《おっかい》までひそかに見送るつもりだ。旦那、世話になったな」

「幸助、そのあと、どうする気だ」

「先のことは考えてねえ」

「忠治が捕まれば、徹底的に子分狩りが行われる」

「親分が捕まればのことだ。親分が会津に落ちなされば、上州も落ち着こう」

「そううまくいくとも思えぬ。そのときは江戸に来るのだ。〈あらし山〉で、旅で味わってきた食いものなんぞを思い出し、料理人見習いにでもならないか」

蝮の幸助に沈黙があった。

長い沈黙のあと、

「南蛮の旦那、流れ宿にいた逃散の一家を〈あらし山〉に送り込んだそうだな。人が良すぎるぜ。若菜さんに苦労かけるかもしれないんだぜ」

こんどは影二郎が黙り込む番だった。

「その上、おれまで抱え込もうってわけか」

「上州で住みづらくなったとき、江戸に出てこいと言うておるだけだ。そなたが商いなんぞは御免蒙《こうむ》るというのならいたし方ない」

「旦那が言ったんじゃないかえ。おれたち、渡世人は体の芯まで流れ者の血で染まってやがる。死ぬまで変わるめえとな」

「蝮、おれは七年、江戸で耐えられた。時代が大きく変わっているのだ。武家も渡世人の時代も終わったんだ。いや、終わろうとしているんだ」

影二郎は己に言い聞かせていた。

また蝮の幸助は沈黙した。

「影になって忠治を会津街道まで見送れ。そのあと、おれに会いに来い。いいな、蝮。われらは、霜夜雪日《そうやせつじつ》、いっしょにあとになり先になりして、あちらこちらの街道を流離《さすら》ってきた者同士だ。兄弟以上の間柄とは思わないか。おれも忠治と会わず、おまえとすれ違うことのない生き方を考えると、ぞっとするのだ」

葦原から蝮の幸助の気配が消えたと思えたほどの、長い長い時が流れた。だが、蝮は闇に潜んでいた。

「分かったぜ、南蛮の旦那」

「蝮、近々大前田の親分に挨拶に参ろうと思う」

「南蛮の旦那となら、英五郎親分も気が合おう」

「行け、蝮の幸助」

ああ、と声を残して幸助の気配が消えた。

流れ宿に戻ると、藪塚の小太郎の使いが来て、明日七つ、世良田の伝馬宿前で待つとの伝言を残していったという。

関畝四郎も影二郎が大前田英五郎と会うことを許したということであろう。

「そね婆、そなたの倅に河原で会《お》うた。有三一家を我孫子宿まで送り届けたそうだ。富蔵は、なんともしっかり者だな」

「あれでも若い内は渡世人に憧《あこが》れて、長脇差《ながどす》を腰にぶち込んでのし歩いた口だよ。ところがひとりの娘に出会《でお》うてね、どう説教されたんだか、親分に詫びを入れて、堅気《かたぎ》に戻っただ。まあ、渡世人を全《まっと》うする根性がなかっただべ」

「ようも親分が盃を返してくれたな」

「あいつも馬鹿でねえ。親分をしっかりと選んだだな」

「だれだな、親分は」

「大前田英五郎親分の兄弟分だったのが富蔵に幸いしただな」

「富蔵が忠治と同じ道を歩んでいたとはな。惚れた娘が賢かったのであろう」

「ただ今の女房だ、九つを頭に三人の子がおるだ」

「なんともよい話だ」

「夏目様、大前田の親分に会うだか」

「藪塚の小太郎はそれがしの願いを聞き届けてくれた。明朝七つに世良田の伝馬宿に参る」

「余計なことを尋ねるだがよ、大前田の親分に会うてなにを願うだ」

「願いなんぞない。ただ英五郎親分と話してみたいだけだ。事の次第では江戸に引き揚げるやもしれぬ」

「菱沼の旦那とおこまさんを連れてかね」

影二郎がうなずくと、

「流れ宿は、客を迎えて送り出すのが務めだ。だがよ、夏目の旦那のように金があるのによ、何日も何日も居続ける人は珍しいだ。だがもう金のありなしじゃねえだ。ここも寂しくなるだね」

そね婆がそっと溜息を吐いた。

三

夜明け前七つの刻限、夏目影二郎の姿は利根川左岸世良田村の伝馬宿の前にあった。

昼間、関東取締出役や、江戸から新たな忠治捕縛に加わった大目付、目付、火付盗賊改配下の面々が目を光らせる上州盗区内だったが、さすがにこの刻限はひっそりとしていた。

影二郎の恰好《なり》は、いつもどおりに南蛮外衣を左肩にかけ、一文字笠を被り、着流しの腰には大薙刀を刀に鍛え直した法城寺佐常の豪剣が落とし差しにされてあった。

上州人、大前田英五郎に初めて会うにしては早い刻限だ。だが、ただいまの忠治の追い詰められた状態を考えるとき、忠治と関わりのある者はすべて役人が見張っていると考えたほうがいい。なにしろ新たに江戸から参入した面々の大半は金で雇われ、忠治を捕縛すれば報奨金を与えられるという、欲に目が眩《くら》んでの探索だ、そのやり方も半端ではない。

このところ盗区内で拷問《ごうもん》を受けたあと、殺された骸《むくろ》があちらこちらに転がっていた。そんな状況の中で八州狩りの夏目影二郎と大前田英五郎が会うのは、

「なんぞ忠治に働きかけがある兆候か」

と勘繰《かんぐ》られかねない。

英五郎は、十手持ちと博徒の二足の草鞋を履く人物だ。この刻限での面会は英五郎の望みと推察された。

薄闇から、

「夏目の旦那、わっしに従うだ」

と藪塚の小太郎の声がかかった。小者の恰好をした小太郎が手招きすると、伝馬宿の裏へと姿を没させた。

影二郎は世良田村の薄闇を見回して監視の目がないことを確かめ、小太郎に従った。背に神経を集中させたが、あとを尾行する者はいないように思えた。

世良田村外れの長屋門《ながやもん》のある百姓家に入ったかと思うと裏に抜けた。さらには寺の山門を潜ると墓地を通り、裏手に出た。するとそこには幅一間ほどの小川が流れていて、小舟が舫われていた。

藪塚の小太郎はさすがに土地の者、盗区内をとくと承知していた。

長さ一間二尺（約二・四メートル）、幅一尺半（約四十五センチ）ほどの小舟を小太郎は座して操り、流れに逆らいながらも進み始めた。川幅に比して水量はたっぷりとした流れを進む小舟にふたりが腰を下ろすと道からは見えなかった。

どこをどう通り抜けていくのか、小太郎は座したまま棹を操り、巧みに進んだ。流れに逆らうのだ、進みは遅かった。

左右の視界を閉ざされた影二郎は、黙然《もくねん》と朝焼けの秋空を見ながら小舟に座しているしかなかった。なんとなく北に向かって田舟《たぶね》が進んでいくのは見当がついた。それしか影二郎には察せられなかった。

落ち目の忠治をなかなか捕縛できない理由は、盗区内の住人に支えられ、かような流れや畦道《あぜみち》が縦横に張り巡らされている迷路のような道を巧妙に使っているからだろうと影二郎は考えた。

長年、忠治を追捕してきた関東取締出役の手先ならではの、

「芸」

だ。新たに江戸から送り込まれた面々には考えもつかない逃走路であり、追跡路であった。

一刻半（三時間）ほど小舟に乗って、流れが雑木林の中に入ったところで舟を捨てた。

「これからは歩きだ、夏目の旦那」

藪塚の小太郎は、林の中に隠されてあった竹籠に影二郎の南蛮外衣と先反佐常《さきぞり》を入れさせ、着流しの裾を後ろで絡《から》げさせて仕度を変え、

「よし、行きますぜ」

と道案内に立った。

「英五郎親分にも江戸の目は向けられているのか」

「ただ今の上州ではだれが味方でだれが敵か、判断がつかないや。十手持ちの大前田の親分も用心をしていなさるということよ」

雑木林を抜けると桑畑に出た。

蚕を育てるために必要な桑畑だ。そんな畑の中を腰を屈《かが》めてひたすら進む。時に荒地や放置された田んぼの畦道を通り、また雑木林に潜り込んだ。

影二郎は遠くに村が見え、赤城山が前方に見えたり横手に回ったりして、だんだんと近づいてくるので、

（ひょっとしたら赤城山に向かうのか）

と考えた。

歩き出して二刻（四時間）ほど、藪塚の小太郎が、

「ちょいと休みだ」

と林の中の陽溜まりで足を止め、竹籠の中から竹皮包みの握りめしと水を出し、朝餉と昼餉を兼ねた食事を摂った。

「あと一刻の辛抱だ」

藪塚の小太郎はぐるぐると方向を変えながら目的地に用心深く近づいていた。

世良田の伝馬宿前を出て、半日は過ぎた頃合、

「着いたぜ」

と不意にどこか見覚えのある村外れで言った。

「ここは国定村ではないのか」

「旦那は承知か」

「忠治を赤城山に訪ねたとき、国定村で弟の友蔵に会うて口を利いてもらったことがある」

「何年前のことだ」

「さあてな、遠い昔のことのようだ」

「まさか忠治親分がこんな羽目《はめ》に陥るなんてだれも考えもしないや」

どちらの側の者か区別のつかない言葉を吐いた藪塚の小太郎が薄《すすき》をかき分けると墓地に出た。

すでに陽射しは西に傾きかけていた。

「長岡家の菩提寺《ぼだいじ》の養寿寺《ようじゅじ》だ」

「大前田の親分が国定村に足を運ばれたか」

「江戸から来た連中を撒《ま》くにはこんな面倒なことも要るんだ」

墓地から本堂の裏手に出たふたりは、堂内に入った。すると御堂の裏に階段があって、ほのかな灯りが漏れてきた。

「わっしはここで」

藪塚の小太郎が竹籠から南蛮外衣と先反佐常を影二郎に返し、外に出ていった。

影二郎は一文字笠を脱ぐと、灯りに向かって進んだ。

御堂の真下に三畳の広さの板の間があって、ひとりの人物が待ち受けていた。

初老の人物は、間違いなく上州の三親分のひとり、大前田英五郎その人だと思った。

「夏目様、遠くまで呼び寄せて相すまないことでございます」

朴訥《ぼくとつ》な言い方が英五郎の人柄を偲《しの》ばせた。

「なんのことがあろうか。こちらがそなたに会いたいと願ったのだ」

影二郎はそう応じると英五郎の前に腰を下ろした。

「夏目影二郎だ」

「大前田村の英五郎にござんす」

英五郎は長脇差も十手も身につけていなかった。田舎の名主と思える好々爺《こうこうや》然とした姿で、膝の前に煙草《たば》盆《こ》だけがあった。

「呼び出しておいて用事は格別にないというのも失礼千万《しつれいせんばん》の話だが、そなたと一度会いたかったのだ」

「長岡の忠治親分が捕まる前にでござんすね。わっしも夏目様には会いとうございましたよ」

二言三言交わしただけで互いに腹を割って話せる相手と理解していた。

「お互い忠治との関わりや立場も違う。だが、忠治が病に倒れたとあっては、もはや最後の日が迫っておるのは間違いない」

「へえ、間違いございません」

と英五郎が言い切った。

「過日、旅の坊主から五十両を預かりました。夏目様から渡されたものじゃそうな」

旅の坊主とは蝮の幸助のことだ。英五郎の立場としては忠治の子分から渡された金子を忠治に届けたとは口外できなかった。

「金子の出所を説明することもないが、それがしの父、大目付であった常磐秀信のへそくり金でな」

「ほう、夏目様の父御がまた、忠治親分に金子をですか」

「そうではない。それがしの最後の上州旅に路銀をくれたのだ。忠治に届けたのは、そなたの書状といっしょでな、最後を見誤らぬよう、わずかばかりの金子だが身の処し方の足しにしてほしいと願《ねご》うたからだ」

「おや、そんな意味合いでございましたか。わっしはまた会津あたりへ逃げよという資金かと思いましたぜ」

「大前田の、そなた、本心からそう思うてあの金子を忠治に届けたか」

「正直、どのようなお気持ちの金子か、迷いました。ただいま夏目様の言葉を聞いて判然といたしました」

「江戸を出る折りは、それがしも迷っておった。だが、七年ぶりに上州を見て、忠治の時代は終わった、役目はもはや十分に果たし終えたと思うたのだ」

「ほう、博徒にして関所破りの国定忠治に役目がございましたか」

「忠治当人がどう考えたかは知らぬ。だが、忠治が上州の人々の無言の願いを受けて幕府に盾突き、お上の権威をとことん地に貶《おとし》めたことは確かだ。お上の手の者に捕まり、潔く裁きを受け処刑されて初めて、忠治のこれまでの行いは意味を持つ、完結すると思うたのだ」

「いずれ忠治は関東取締出役の旦那方が必ず捕まえます。それでよろしいと夏目様は申されますので」

「そなた、文を忠治に届け、その中で『神気に従え』と説いたそうな。晩節《ばんせつ》を汚《けが》すでないと。それにもかかわらず忠治は生き延びる道を選んだ。となれば」

「八州廻りの手にかかるしかない」

「あとは江戸があれこれと注文をつけようがな、忠治の死とともに幕府は早晩倒れる」

と言い切る影二郎に大前田英五郎が、
ふうっ
と大きな息をひとつ吐き、

「夏目影二郎という御仁、何年も前に上州を騒がせただけのことはございますな。大胆なことを申される」

と呟いた。

「それがしの推量、間違《まちご》うておるか」

「わっしは、二足の草鞋を履く年寄りにございますよ。諸国を旅された夏目様ほどただ今のお上の立場を承知していません。この爺《じじい》は上州からしかものが見えませんでな」

「ならば聞く。そなた、なぜ忠治に文を書き送った」

「同じ上州博徒として下手《へた》をうってほしくないと思うただけでございますよ」

「それみよ、それがしの考えと変わらぬではないか」

「いえ、夏目様は、わっしら博徒の生き方になんぞ価値を見出そうと考えておられる。わっしらは、その時々の思い付きや利欲で生きてきただけなのでございますよ。上州やくざが幕府を倒せるわけもない。忠治もそんなことは考えていませんや、忠治の不幸は、上州の衆生《しゅじょう》に崇め奉《あがたてまつ》られたことでございますよ。いわば分《ぶん》を超えた評価を得て、当人もいささか有頂天《うちょうてん》になった、そんなところではございませんか」

「そう聞いておこうか」

「夏目様、あの金子五十両、ただ今の忠治にとって涙が出るほどうれしい助勢にございます。ですが、この五十両が国定忠治の命取りになります」

大前田英五郎が言い切った。

「ほう、いささか理解できぬゆえ、絵解きしてくれぬか」

「忠治親分は、会津に逃げる気でいます。となれば、関東取締出役の動きがいちばん気になるところでございますよ」

「金子を配り、道案内の口を封じるか」

「さよう、お目こぼし料にございますよ。だがね、ただ今の忠治親分の頼みを忠実に受けとめる道案内が何人いるか。何人かに小判を配ってもひとりが、かくかくしかじかですと中山の旦那や関の旦那に御注進におよぶことが大いに考えられますので」

「それが分かった上で、そなたはあの金子を忠治に届けたか」

「はい」

大前田英五郎の返答ははっきりとしていた。

「お怒りになりますかえ」

「大前田英五郎、そなたとそれがしの考えはつい最前同じと判明したのではなかったか。上州の者たちが忠治に愛想《あいそ》を尽かさぬうちに八州廻りの手にかかって潔く捕縛されることだ」

「へえ。必ずこの一日二日で国定忠治の隠れ家が判明いたしましょう」

「もはや承知しておるのではないか」

「この二十年、上州じゅうを騒がせた国定忠治の捕縛にはそれなりの段取りがございますよ」

と英五郎が苦笑いした。

「この寺は長岡家の菩提寺じゃそうな。なにかの縁じゃ、墓参りをしていこう」

「わっしはこれで失礼します。夏目様は利根川の流れ宿におられるそうな。父上が大目付まで務められた幕閣の倅どのが、流れ宿とはまたどういったご縁でございますな」

「話せば長くなる話だ、ただそれがしは妾腹の子と承知しておいてもらおう。無頼の暮らしに落ちた折り、〝鳥越の頭〟弾左衛門様に世話になり、影の者として鳥越の頭から通行手形を頂戴した。以来、流れ宿がそれがしの泊まり場所になったのだ」

「ほう、鳥越の頭と知り合いにございますか。八州狩りと異名を取られたには、剣術の腕前だけではございませんでしたか。老中首座の水野忠邦様と影の幕府の鳥越の頭を後見にした夏目影二郎様が無敵であったわけを、この英五郎、ただ今教えられました」

「その水野様も失脚し、妖怪と評判だった鳥居耀蔵もその他の面々も天保の改革の失敗のツケを支払わされておる」

「お父上常磐の殿様は、ご壮健《そうけん》でなによりでございます」

「その代わり、家付きの嫁に頭が上がらんでな、終日、安物の盆栽をいじって時を過ごしておられる」

影二郎の言葉に英五郎が笑った。そして、真顔に戻すと、

「そんな常磐秀信様からのご厚意の金子が国定忠治を雪隠詰《せっちん》めにします。夏目様

には、またお会いすることがありそうだ。捕縛のあとなれば、いつなりともわっしの家にお訪ねくだされ」

「忠治の死を見取る役目を負わされた者同士だ、そう願おう」

養寿寺の御堂下の隠し部屋から大前田英五郎が消えていった。

影二郎はその隠し部屋で半刻《はんとき》（一時間）ほど時を過ごし、御堂に上がった。すると忠治の師僧の貞然《ていねん》が待ち受けていた。

「夏目影二郎様でございますな。友蔵さんから聞かされております」

「和尚《おしょう》、長岡家の墓所に線香を手向《たむ》けたいのじゃが」

「案内いたします」

御堂を出ると影二郎の草履は御堂前の階段下に回されてあった。そして、影二郎の出現に突き刺すような視線が送られてきた。長岡家の菩提寺も関東取締出役や江戸から来た役人らによって見張られていた。

貞然は御堂下にいた小僧に線香と閼伽桶《あかおけ》を用意するように命じると、影二郎といっしょに墓地に向かった。

監視の目が追ってきたが、影二郎も貞然も知らんふりだ。

長岡家の墓はさほど大きなものではなかった。

影二郎は貞然が読経《どきょう》するのを立ったままに聞いていた。

小僧が閼伽桶に水を張り、線香といっしょに届けてくれた。

貞然が墓の前から下がり、読経を続けた。

影二郎は、南蛮外衣と一文字笠を傍らの墓の前に置き、長岡家の墓を水で清めて、線香を手向けた。

この墓に国定忠治こと長岡忠次郎が入ることが許されるのかどうか知らなかった。だが、影二郎は、さほど遠くない地でひっそりと息を潜めて隠れている忠治の気持ちを思い、合掌した。

生きている忠治を供養した気持ちで長岡家の墓参りは終わった。

影二郎は隠し部屋で用意していた懐紙包みの一両を、布施《ふせ》として貞然に渡した。

合掌して受け取った貞然が、

「親分が捕まるのは数日内でございますか」

と影二郎に聞いた。

「それがしは役人ではないで、答えは持っておらぬ。じゃが、病に倒れた忠治にそういつまでも逃亡暮らしができるはずもなかろう。近い内にけりがつこう」

「夏目様は、忠治とは昵懇《じっこん》の間柄と友蔵さんから聞いております」

「昵懇かどうかは見方によろう。馬が合うたというか、助けたり助けられたりした間柄ではあった。だが、病に倒れたあとの忠治が、それがしの知る忠治と同じ人物かどうか、危惧しておる」

影二郎の返答に貞然はうなずいた。

「夏目様、忠治の最期を見届けてくださいますな」

「そのつもりで上州に入った」

「またお会いしましょう」

と貞然が御堂に戻っていった。

影二郎だけが長岡家の墓の前に独り残された。すると監視の目がその範囲を狭《せば》めてきた。影二郎は、養寿寺の山門に向かって歩き出した。

四

いつしか、夕暮れの刻限になっていた。

秋蜻蛉《あきあかね》が群れをなして飛んでいた。

養寿寺の境内《けいだい》を出た影二郎を二十人ほどの役人が取り囲んだ。さらにその外周に大目付、目付支配下の面々が控え、関東取締出役の数人が見守っていた。なんとも大仰な出迎えだった。

関東取締出役としては、八州狩り夏目影二郎の復活を江戸から来た火付盗賊改に任せ、影二郎の力と対応ぶりを見るつもりなのだろう。中山誠一郎や関畝四郎ら老練な八州廻りではなく、影二郎の知らぬ新顔だった。

上州まで出張ってきた新参者の火付盗賊改としてはここいちばんの、

「見せ所」

であった。

「江戸住人夏目影二郎か」

陣笠を被り、黒羽織の火付盗賊改の頭分が質した。

「いかにも夏目影二郎じゃが、そのほうは何者か」

「火付盗賊改臨時上州廻り筆頭与力種倉豪右衛門治道《たねくらごうえもんはるみち》」

「ご大層《たいそう》な役名の者ほどなんの権限《ちから》も持たされておらぬ」

影二郎がぽつんと呟いた。

その呟きは、養寿寺の門前に集う役人や住人の耳にはっきりと届いた。

「夏目影二郎、そのほうが八州狩りと名を馳せたのは昔の話であった。妾の子が威張っておれたのも、大目付の親父の後見があればこそできた虚仮《こけ》おどしであった。もはや天保の改革を主導された老中首座水野忠邦様は身を退かれ、そのほうの親父も職を辞した」

「種倉、さようなことを上州に飛ばされた火付盗賊改の与力風情から聞かされる要はない。それがし、重々承知しておる」

「ならば申そう。そのほうの身分、江戸無宿の浪人者に等しい」

「それがどうした」

「親父と老中の力で遠島を免れたそのほうの過去、改めて洗い直してもよい」

「やってみよ」

「そのほう、この寺がどのような曰くの寺か承知であろうな」

「開祖は知らぬ。じゃが、ただいま住持《じゅうじ》貞然どのに供養を願ったで、いささか関わりがある」

「供養と申したな。だれの供養をなした」

「この村の長岡家にはその昔いささか世話になった。ゆえに住職に読経を願った。それを火付盗賊改の調べにかけるというか」

「長岡家は大戸関所破りの大罪人国定忠治の実家であろうが」

「それを知らずして国定村に入り込んだか」

「近くの家に連れ込み、その体に問い質す」

種倉豪右衛門が腰前に差し込んでいた長十手を抜いて突き出した。

「忠治はいざ知らず、その実家の先祖の供養をしたことが罪咎《つみとが》か」

「ただの供養ではあるまい。供養にこと寄せて忠治との会合を持つと思える」

「忠治は中気で口も利けぬと耳にしておる。それにどこに潜んでおるか江戸無宿に等しい一介の浪人者には推察もつかぬ」

と言い放った影二郎が一、二歩踏み出した。すると、種倉が、

「それ、この者を取り押さえよ」

と長十手を大きく振った。

「おおっ」

と呼応した二十数人が六尺棒や刺又《さすまた》などを構えて影二郎の行く手を塞いだ。

「種倉、そのほうらが上州入りしてよりこの方、傷だらけの骸《むくろ》がいくつも河原や街道筋で見つかるという。なんの権限があって上州で乱暴狼藉《らんぼうろうぜき》を働くや」

「火付盗賊改方は、悠長《ゆうちよう》に二十年余も忠治の暗躍を許す関東取締出役とは違う。われらは速戦即決、捕まえた者の口を割らすすべを承知しておる」

「無能な役人ほど相手をいたぶる。忠治捕縛にこと寄せて渡世人と見た土地の者や旅人を始末する権限など、種倉、そのほうにはない」

「吐《ぬ》かせ」

種倉が三度長十手を振り回すと六尺棒や刺又の列を割って、大八車《だいはちぐるま》が二台、影二郎に向かって突っ込んできた。荷台の先には竹槍が何本も固定されて、竹先に油が塗られているのか炎を上げて、影二郎へと迫ってきた。

影二郎は、左肩にかけた南蛮外衣に右手をかけると同時に腰のあたりを狙って突っ込んできた大八車との間合を計って真上に跳躍した。

着流しの裾を竹槍の炎が掠《かす》めて通り過ぎ、影二郎は砂袋を載せて重さを増した大八車の荷台に着地すると同時に、南蛮外衣を引き回していた。

裾の両端に二十匁《もんめ》（七十五グラム）の銀玉を縫い込んだ南蛮外衣が国定村の養寿寺門前に大輪《たいりん》の花を咲かせた。裏地は猩々緋《しょうじょうひ》、表は黒の羅紗《ラシャ》地《じ》が大きな花を咲かせると、大八車を押し込んでくる三人の横鬢《よこびん》や顔面を次々に叩いて転がした。不意に押し手を失った大八車からもう一台の大八車に跳び移った影二郎の南蛮外衣が手元に引き寄せられると、二台目の大八車の押し手を襲った。

さらに影二郎は大八車から飛び降りると、南蛮外衣を手元に引き寄せた。

一瞬、大八車の急襲を見守っていた火付盗賊改の支配下の捕り方が六尺棒や刺又を構え直したとき、影二郎はすでに南蛮外衣に三たび力を吹き込んでいた。

秋空の下、猩々緋と黒地の外衣があでやかな花を新たに咲かせると、次々に捕り方たちが銀玉に打たれて、地面に叩き付けられるように倒れていった。

わずか数瞬の刻が流れたか。

影二郎が無人の大八車の傍らに戻ったとき、十数人の捕り方が倒れ込んで痛みに呻いていた。

「種倉、こやつらをどこで拾うてきた。過日も流れ宿を訪ねてきたそのほうの仲間の財前棟四郎なる者に、上州のことは長年御用を務めてきた関東取締出役に任せよ、と忠言しておいた。盗区を知らず、捕り物がなんたるか分からぬ馬鹿者どもに中気の忠治とて捕縛はできぬ。早々に江戸に立ち帰れ」

影二郎の啖呵《たんか》を門前のあちらこちらで聞いていた村人から賛意を示すざわめきが静かに起こった。

「おのれ」

種倉が身をぶるぶると震わした。するとその後ろから六尺三、四寸（約百九十一〜百九十四センチ）はありそうな巨漢が姿を見せ、

「種倉様、こやつの始末はそれがしに」

と願った。

「おお、北郷薬八郎か。見事こやつを仕留めた暁《あかつき》には、褒美をとらす」

種倉が焦眉《しょうび》の急《きゅう》を脱したように許しを与えた。

「夏目影二郎、大言壮語《たいげんそうご》も本日までじゃ、覚悟せよ」

「そのほうか、それがしの首を獲ると広言しておる馬鹿者は」

「せいぜい今のうちに虚勢を張っておくことだ」

北郷薬八郎が腰から大業物《おおわざもの》の一剣を抜き放った。刃渡り三尺（約九十一センチ）に近い豪剣だった。それを巨漢は正眼に構えた。

影二郎が予想した以上に剣術修行に励んできた証か、堂々たる構えと自信だった。

「東軍無敵《とうぐんむてき》流脳天唐竹《のうてんからたけ》割り」

と巨漢が宣言した。

影二郎は未だ手にしていた南蛮外衣の襟《えり》をつまんでおのれの前に立てた。

南蛮外衣は腰の強い羅紗地の中に芯が入れてあるために、束ねるとそれ自体立てることができた。大薙刀を鍛え直したために反りの強い法城寺佐常二尺五寸三分（約七十七センチ）を抜き、影二郎は北郷に合わせて正眼にとった。

相正眼の両者の間は二間（約三・六メートル）ほどであった。

その間に、最前まで大輪の花を咲かせていた南蛮外衣が案山子《かかし》のようにひっそりと立っている。

長い睨み合いが続いた。

北郷薬八郎の視線は爛々《らんらん》と輝き、殺気に満ちていた。八州狩りと異名を取り、

「位の桃井に鬼が棲む」

と武名を江都《こうと》に鳴らした夏目影二郎を打ち取り、わが名を関八州に高めんものと、功名心《こうみようしん》に逸《はや》っていた。

一方、影二郎のほうは静かに立って、先反佐常を微動だにさせずにひっそりと構えていた。

さらに睨み合いのあと、
ふうっ
と息を吐いた北郷薬八郎の正眼の豪剣がゆるゆると虚空へと上げられていった。

背丈が六尺三、四寸の頭上に両の腕を伸ばし、刃渡り三尺余の刀が垂直に立てられ、秋の陽射しを受けて煌《きら》めいた。まるで巨壁が影二郎の前に立ち塞がったよ

うに見えた。

秋蜻蛉の群れはいつしか掻き消えていた。戦いの気配を感じてのことか。

息を吸いながら上げられた刀が止まったとき、北郷も息を止めた。

右足が上げられ、

とーん

と軽く地面に下ろされた。

影二郎は動じない。

息を止めた北郷が一気に吐き出すと巨《おお》きな岩壁が崩れ落ちるように圧倒的な勢いで影二郎との間合を詰め、大上段の豪剣がのしかかるように振り下ろされた。

その瞬間、影二郎の前に立っていた南蛮外衣が迫りくる北郷薬八郎のほうへとゆっくり倒れていった。

一瞬、北郷の注意が倒れ込む南蛮外衣にいった。

その寸毫《すんごう》の隙に夏目影二郎が後《ご》の先《せん》で踏み込みつつ、体を相手の左側に流し、

ぱあっ

と正眼の先反佐常の切っ先を喉元へと突き出した。

喉元から血飛沫《しぶき》が上がるのと、北郷の豪剣がわずかに影二郎の一文字笠の縁を

掠めながら無益にも地面に落ちていったのがほぼ同時だった。

どさり
と大木が倒れるように北郷薬八郎が前のめりに倒れ込んで勝負の決着がついた。

一瞬の勝負の行方にだれもなにも発しない。息すら止めたような静寂が続いた。

森閑とした気は影二郎が佐常を血振りする音に誘発されたように消え、嘆声やら歓声やらが一斉に起こった。

「種倉某、配下の者をこれだけ失うては頭分としての面目が立つまい。北郷らの仇を討つ気はないか」

影二郎の問いに、いったん止まっていた震えがまた始まった。

「お、おのれ」

「最前申したように忠治の捕縛は関東取締出役に任せて江戸に戻れ。ならば命だけは助けて遣わす」

種倉が影二郎の前から後ずさりして逃げ出した。すると南蛮外衣で打たれた手下たちも従った。

「残るは大目付、目付支配下の面々か」

と影二郎が睨むと、

「それがし、そなたの父上常磐秀信様の下で御用を務めました高村伝兵衛《たかむらでんべえ》にござる。そなたさまがなにゆえ上州に入られたか知りませぬが、忠治の捕縛を邪魔されぬかぎり、われらがそなたと敵対することはありません」

「高村、賢い判断じゃ。御用にせいぜい努めよ」

「はっ」

とかしこまった高村が合図すると大目付、目付支配下の一統が養寿寺門前から消えた。

その場に残ったのは影二郎と関東取締出役の新顔だけだ。

「そなた、どうするな」

「それがし、新任の関東取締出役池谷兵庫《いけたにひょうご》にございます。夏目様、以後お見知りおきを願います」

「挨拶は受けた。それがしは忠治捕縛の邪魔をする気はない。過日、そなたの先任中山誠一郎どのにも約定した」

「そのことは中山様から聞きました。本日は、その中山様からの命にて火付盗賊改方の用が済むのを待ち受けておりました」

「ほう、なにか」

「夏目様、念を押しまするがこたびの上州入り、なんぞ影御用がおありではございますまいな。それを質してこよと命じられました」

「ご丁寧なことよ。忠治とはいささかの縁がある。ゆえに最期を見取りに来たのじゃが、それがしの存在が煩わしいようなれば、この書付を中山どのに渡せ」

と影二郎は、菱沼喜十郎とおこまが父の常磐秀信から言付かってきた書付を差し出して見せた。

表書きは夏目瑛二郎殿とあった。そして、書付の差出人の名を見た池谷の顔色が変わった。

「羽倉外記どの自筆の書付じゃ。まあ、国定忠治の最期を見取る許し状と思え」

「このことを中山様に伝えよと申されますか」

「頼む」

しばし沈思した池谷が、

「かしこまりました」

と受け、

「この者の骸の始末、われらで行います」

と北郷薬八郎の亡骸《なきがら》の始末を引き受けた。

陽が傾き、山門の影が伸びていた。

一匹だけ秋蜻蛉が姿を見せて、弱まった西陽に飛翔してみせた。

養寿寺門前から人の姿は影二郎を残して消えた。だが、影二郎を見つめる「目」は残っていた。

国定村の住人が家の中からひそかに影二郎の動きを窺っていた。そんな一軒からふたつの人影が現われた。

菱沼喜十郎とおこまの親子だ。

「おこま、そなたの商いの邪魔をしたようだな」

「この界隈で大道芸などやっても役人衆に六尺棒で追い立てられるだけですよ。それより久しぶりに影二郎様の鮮やかな手並み、拝見させて頂きました」

「歳を重ねた分、ごまかしで生きておる。あの程度の輩にしか通じぬわ」

影二郎の返答に菱沼親子が笑った。

「どうだ、そちらの探索は」

喜十郎が顔を横に振って歩き出した。影二郎とおこまも従って、なんとなく世良田村へと足を向けた。三人はいったん流れ宿に戻ろうと、暗黙裡《あんもくり》に了解し合っていた。

「こちらの腕のなまくらぶりは影二郎様どころではございませんでな。全く忠治の隠れ家を突き止められません」

と喜十郎が苦笑いした。

「逃げる忠治も必死よ。そう易々《やすやす》と居場所が判明するものか」

「やはり上州盗区は、忠治が作り上げた縄張り、崩れてはおりませぬ。住人の三人にひとりが命を投げ出しても忠治親分を助けるつもりでございますからな」

「忠治は腐っても鯛だな」

「はい」

しばらく歩いたのち、三人は街道に出た。足尾銅山街道だ。

「どこぞで宿を探しますか」

国定村から利根川河原まで三里はあった。

影二郎は、蝮の幸助と話した内容から藪塚の小太郎を案内人に大前田英五郎に養寿寺の隠し部屋で会ったことを告げた。その上で、

「英五郎親分の判断じゃが、それがしが忠治に贈った五十両の金子が事を動かすというのだ。忠治は未だ会津に逃げる心づもりのようだ。だがな、それには、八

州廻りの動きをつかむ要がある。となれば、道案内に金子を配って情報をつかまねばならぬ。その段階で必ず忠治を裏切る道案内が出てくるというのだ」

「影二郎様、そのような考えで蝮の幸助様に常磐の殿様から頂いた金子を渡されたのでございますか」

「そのような深慮遠謀《しんりよえんぼう》があるものか。だが、ただ今の忠治が金に困っていることは分かる、ゆえにこれまでの付き合いの礼代わりに贈ったのだが、まさかその金子が道案内らに忠治を裏切らせる金子になるなど考えもしなかった」

「大前田の親分の推量が外れることも考えられますよ」

「そうであったほうがよいのかのう。もはや忠治に悪あがきだけはしてほしくないのだ」

「いかにもさようです」

おこまも影二郎の考えに賛意を示した。

ふたりの会話を黙って聞きながら歩いていた喜十郎が、

「影二郎様、それがしは英五郎親分の考えが正鵠《せいこく》を射ておるように感じます。となれば、道案内に金子が渡った時点で裏切りが起こる。それもこの界隈でです」

と言い切った。

三人は暗くなった足尾銅山街道を国定村から田部井村を横目に歩いていた。

縄張りである上州盗区の中でも忠治のいちばんの本拠地だ。病に倒れた忠治が最後に頼るのはこの界隈だと、だれにも推量はついた。

「影二郎様、それがしとおこまはこの界隈に残ろうかと存じます。いかがでございますな」

しばし考えた影二郎は、

「ならばそれがしだけが流れ宿に戻ろう。蝮の幸助が連絡《つなぎ》をくれるのは、そね婆の宿じゃからな。だが、この刻限から宿を見つけるのは難しかろう。どうだ、養寿寺に戻り、貞然和尚に一夜の宿を願ってみぬか。それがしの名を出せばなんとかそれくらいの面倒は見てくれよう」

「そういたしますか」

喜十郎の決断で三人は足尾銅山街道で左右に別れることにした。

独り影二郎は、夜道を利根川河原を目指して足を速めた。

第四章　金子の行方

一

　坊主姿の蝮の幸助は、この数日、盗区内を歩き回っていた。闇雲《やみくも》に歩き回りながら迷っていた。

　夏目影二郎から忠治に渡せ、と受け取った包金ふたつをだれに預けて忠治親分の手元に確実に届くように都合をつけるか、迷った末に大前田村の英五郎に願うことにした。

　むろん英五郎が渡世人と十手持ちの二足の草鞋を履く親分と承知していたが、信頼できる人物で忠治の気持ちが分かる上州人となると、大前田英五郎しか蝮の幸助の頭には思い浮かばなかった。

だが、蝮の幸助自ら英五郎に会うのは、関東取締出役に捕まりに行くようなものだ。とはいえ英五郎に仲介人を立ててそのことを願うのも危険だった。ただ今の上州では、だれを信用し、だれを疑えばいいのか分からなくなっていた。

江戸から忠治捕縛の助勢組、大目付、目付、火付盗賊改三役配下の臨時廻りが忠治の縄張りに入り込んで、これまでの上州とはまるで異なる状況に陥っていた。

それまで関東取締出役の追捕の仕方は、それなりの手続きを踏み、罠《わな》を仕掛け、忠治らの行動を読んで要所要所に手を入れるというものであった。だが、江戸から来た新入組は、ただ権力に任せて行き当たりばったりに人を捕まえ、乱暴にも体に聞いて口を割らせるやり口で、上州人は新参者を、いや、追捕する役人をすべて信用していなかった。

がたがたになる前の上州でこれまで信頼できた人物が大前田英五郎だった。それでも英五郎一家の動きを遠くから見守りながら、辛抱強く英五郎がひとりになるときを蝮の幸助は狙った。

影二郎から包金を受け取って数日後、英五郎が菩提寺の墓参りに行くというので間をおいて尾行した。

英五郎は、親父の月命日《つきめいにち》に姪ひとりを連れて大前田村の金剛寺に向かった。

墓所を姪とふたりして清めた英五郎は、姪に住職を呼びに行かせた。蝮の幸助はそのわずかな時を利用して英五郎に歩み寄った。

英五郎は破れ笠を被った旅の坊主が近づくのを見ていた。

蝮の幸助は二間ほど手前で足を止め、

「愚僧、幸善と申す廻国修行の者にございます。大前田の親分と存じ、いささか願いごとがございます」

「ほう、修行中の坊さんがわっしに願いとはなんでございますね」

「この包みをさるお方に届けて頂きたいのでございます」

「包みを届けろと言われるか」

英五郎の反問に幸善坊と名乗った蝮の幸助が影二郎から渡された包金を懐から出した。

「だれに渡せといわれるか、坊さん」

英五郎の声音に警戒の響きがあった。

「病に倒れた者に届けて下さいませぬか」

「なに、病に倒れた御仁にじゃと。坊さん、そなたが直《じか》に届けられない理由があるというのだね」

「はい」

「坊さん、わっしが十手持ちということも承知の上で願いなさるか」

「ただ今の上州ではだれを信用してよいか分かりません。ただ親分さんの御心に縋《すが》っての願いにございますよ」

英五郎はしばし沈黙し旅の坊主をとくと眺めた。

「そうか、おめえさんは国定村別手組の幸助さんか」

さすがは渡世人にして十手持ち、忠治の手下のことをとくと承知していた。

「ただ今の親分は、爆発寸前の火薬樽のようなものでございます。ちょっとした火種があれば、上州じゅうが大騒ぎになる。それを承知でこの英五郎を恃《たの》みに来なすったか」

「へえ」

「おまえさんだってその金子を都合するのは苦労したでしょうな」

「へえ、さるお方から親分に『死にどころを間違えるな』と言葉を添えて手渡されたものにござんす」

蝮の幸助のいつもの口調に戻っていた。

「さるお方の名を聞いてもいいかえ、蝮の幸助さん」

「大前田の親分さん、旅の坊主幸善として願いを聞いておくんなせえ」

「悪かった、坊さん」

「この金子をわっしに届けろと手渡されたのは、夏目影二郎ってお方でござんす」

「かつて八州狩りとして八州廻りの旦那方に恐れられた御仁ですな」

「へえ。わっしは南蛮の旦那と呼んで付き合いを重ねてきましたが、こたび夏目の旦那が上州入りしたのは、親分に最後の別れを告げるためということでございました」

「あの御仁の親父様は先の大目付常磐秀信様、でしたな」

「その常磐の殿様から倅に、最後の上州入りの路銀にと渡された金子がわっしに託《あず》けられましたのでございますよ、親分」

「夏目様が『死にどころを間違えるな』と言葉を添えられましたか」

「親分さんが病の人物に『神気を案じたほうがよい』と文を出されたと噂に聞きました。親分さんと南蛮の旦那の気持ちは同じと見ました」

「幸善坊、おまえさんの気持ちはそれでよいのだね」

「へえ」

破れ笠の坊主が言い切った。

「よかろう、預かろう」

ようやく大前田英五郎が応えて包金ふたつを受け取った。

蝮の幸助は、英五郎に渡った五十両の行方をひそかに探ろうとしたが、さすがの幸助も英五郎の動きはつかみ切れなかった。

英五郎自らが忠治に会うことはできない以上、幸助がそうしたようにだれか第三者を通して英五郎が忠治の手に渡すしかない。大前田一家には、大勢の子分もいたし、英五郎と忠治の共通の知り合いもいた。大勢の出入りのある中でだれに英五郎が託したか、蝮の幸助が悩んだように英五郎も迷った末にだれかに願うはずだが、そのだれかが特定できなかった。

夜のことだ。

大前田一家に蝮の幸助の知り合いが呼ばれた。

国定村の次郎右衛門《じろうえもん》こと重兵衛《じゅうべえ》だ。忠治に付き従う数少ない子分だが、最強の時代の忠治一家を支えた武闘派ではない。幼馴染のひとりだ。日光の円蔵を始め、武闘派はほとんど処刑されていた。

英五郎は自らが動くことなく重兵衛を呼んで五十両を渡したと、蝮の幸助は推量をつけた。

深夜、英五郎の家を出る重兵衛を蝮の幸助は尾行した。

重兵衛も尾行を用心して、盗区内をあちらこちらと歩き回り、五目牛村の地蔵堂に立ち寄ると、その地蔵堂に置かれてあった連絡の文を取り、素早く月明かりで読むと細かく刻んで口に入れた。

忠治からの新たな指令だと蝮の幸助は判断した。

重兵衛は五目牛村の菊池徳の屋敷に朝靄《あさもや》に紛れるようにして入り込み、数日動こうとはしなかった。

蝮の幸助は、猛禽《もうきん》とその気性を評される忠治の妾のひとり、菊池徳の屋敷の納《な》屋《や》に潜り込み、使用人の話などから重兵衛が未だ菊池家にいるのではと察しながらひたすらそのときを待った。

蝮の幸助は、重兵衛への忠治の新たな命が気にかかった。次の一手で忠治がどう行動するか、それによって、膠着《こうちやく》した事態が動くと想定された。それを確かめた上で、幸助は夏目影二郎に報告しようと考えていた。

菊池徳の屋敷は豪農だけに一日の人の出入りはそれなりに多い。さらには関東取締出役らが出入りして常に緊張状態にあった。

だが、はっきりとしていることは、忠治がこの徳の屋敷に匿われていないということだ。徳の死んだ亭主の千代松は、忠治と親分子分の盃を交わした間柄で、その千代松が亡くなったあと、忠治と徳の付き合いが始まった。

本来ならば、中気に倒れた忠治がいちばん頼りにできるのがこの徳の屋敷だった。敷地も広く、金には不じゆうせず、使用人も多かった。

だが、忠治が倒れた場所が反りの合わないもうひとりの妾の町の家で、しかも同衾中と知った徳は烈火のごとく憤激し、

「お町が面倒みればよい」

と忠治を突き返していた。そのことを関東取締出役もつかんでいたが、一日に一度は顔出しして、

「忠治がいる様子はないか」

と調べていった。

ようやく重兵衛が動いた。

深夜、重兵衛は頬被《ほっかむ》りした百姓の恰好で闇に紛れて菊池家の裏口から外に出た。月明かりの下、犬の遠吠えが響き渡るのを身震いして聞いた重兵衛は畦道や林の中を突っ切り、世良田村の、その名も蝮と同じ名主の幸助を訪ねた。

忠治と名主の幸助は、昔から誼《よしみ》を通じていたからこの接触に意味があると蝮の幸助は察知した。ために名主の家に忍び込み、重兵衛が名主の幸助に頼み事をする話を床下で聞くことにした。

重兵衛は、世良田村の名主の幸助を通じて関東取締出役の動きを知る木崎《きざき》宿の道案内、左三郎《さぶろう》、馬太郎《うまたろう》、太田《おおた》宿の道案内笘吉《とまきち》へ連絡《つなぎ》をとれないかと相談したのだ。

名主の幸助は慎重だった。

「重兵衛さんよ、忠治親分は元気でいなさるんだろうね」

「名主さん、心配しないでいいだよ。医師もしばらく湯治にでも行けば元の体に戻ると請け合っていなさるだ」

言うほうも聞くほうもそれを信じていなかった。

「ほう、わっしの耳に入ってくる噂はまるで反対のことだがな」

「とかく噂の類は埒《らち》もないものばかりだ。いっしょに動くわっしが言うのだ、間違いねえよ」

「そりゃ、よかった。だがよ、人が動けば金が要るだよ。親分から預かってきなさったか」

「正直言うてただ今親分は昔ほど金がふんだんに懐にあるわけではねえだよ。だが、要るものは要る。用意はしてきた」

「預かろう」

名主の幸助がいやにはっきりと快諾《かいだく》した。

「親分の言いつけだ。左三郎さん、馬太郎さん、笘吉さんに三両の礼金だ」

「分かった。で、わしの遣い料はいくらだ」

「名主さん、いささか不満だろうが、一両で我慢してくれないだか」

「ほう、口利きの遣い賃が一両ね」

床下の蝮の幸助の耳にも名主の幸助の不満が伝わってきた。

「すまねえ」

しばし間があって、

「まあ、いいってことだ。親分が元気になったら、その折り、礼は頂戴しようか」

と名主の幸助が得心した。

重兵衛が去ったあと、蝮の幸助はこんどは名主の幸助の動きを追うことにした。

世良田村の名主が行動したのは次の朝だった。

秋の陽射しを避けて菅笠を被り、古びた夏羽織を着て手には扇子を携え、ばたばた煽《あお》ぎながら木崎宿の左三郎を訪ねた。

蝮の幸助は危険は承知で左三郎宅の裏口から台所に入り込み、床下に潜り込んだ。

「なんだえ、朝早くから世良田の名主さんよ」

「ちいと願い事があるだ」

「ただ今この界隈の頼み事となると、国定村の親分の一件しかあるめえ。違うか、幸助さんよ」

「図星《ずぼし》だ」

「親分の要件はなんだ」

左三郎の口調に警戒と期待が綯《な》い交《ま》ぜにあった。

「とある人を通して親分から九両預かっただ」

「なにをやっても無駄だがな、名主さんも承知だべ」

「だども、親分はこの世に未練を残していなさらあ」

「妾に未練があるのではないか」

「まあ、そうとも言える」

「で、なんだ、要件とは」

「道案内のおまえさま、馬太郎さんとよ、太田宿の道案内笘吉さんに三両ずつ渡してくれと頼まれただ」

名主の幸助の言葉に左三郎は長いこと沈黙して言葉を発しなかった。床下に潜む蝮の幸助は、こちらの気配を察したか、筆談で話が進むように変わったかと案じた。

だが、長い沈黙のあと、

「礼金は受け取っただ、と親分に伝えてくんな」

「ありがてえ、わっしの仕事は済んだだ」

とほっと安堵の言葉を発した名主の幸助が、

「左三郎さん、もはや親分の隠れ場所をつかんでいなさるんじゃねえだか」

「中山の旦那方は、およそ魚が潜む岩陰をつかんでいなさると見た。あとは網を絞り込むだけだ」

「となれば、この九両は無駄金か」

「そうなるかもしれねえが、親分に最後の運が残っていれば生きてくるだよ、世良田の名主さんよ」

名主の幸助は左三郎にうなずいたか、立ち去る気配がした。そのあと、蝮の幸助の耳に左三郎の呟き声が聞こえた。

「さあて、この九両、どうしたものか」

道案内の左三郎はその昼間動かなかった。動き出したのは榛名山の方角に陽が沈みかけた夕暮れ時分だ。

まず同宿の道案内馬太郎を訪ね、蝮の幸助が馬太郎の家に忍び込む間もなく左三郎が姿を見せた。それを見送りに出た馬太郎が、

「左三郎さんよ、この三両は死に金だべか、生き金だべか」

「使う人がどう考えたところで、もはや天命は尽きたべ」

ふたりの道案内がうなずき合うのを蝮の幸助は腹立たしく見詰めているしかなかった。世良田と木崎宿はおよそ一里ほどしか離れていない。だが、太田宿は、木崎から二里弱あった。木崎も太田も日光例幣使街道の宿場だ。

太田宿の笘吉の家に着いたのは夜四つ（午後十時）前のことだった。

深夜になったせいで蝮の幸助は道案内の笘吉の家の床下に容易《たやす》く入り込むことができた。すると笘吉のしわがれた大声が難なく聞こえてきた。

「木崎村の、なんだえ遅い刻限によ」

「道案内に刻限が早い遅いがあるものか。八州廻りの旦那の命なれば、いつだって飛び出さねばなるめえ」

「中山の旦那の命か、それとも関の旦那か」

「それが違うだ」

「ほう、新参者の八州様の用か」

左三郎が顔を横に振った気配がして、

「いや、国定村の願いごとだ」

と応じると、笘吉の舌打ちが響き渡った。

「縄張り内の雪隠《せっちん》詰めの親分がどうしたって、木崎村の」

「わっしらに一両ずつが回ってきただ。その金で察してくれ」

「木崎村の、なにかの間違いじゃねえか。一両ぽっちでどうするというだ」

「だから、笘吉さんよ、それほど国定村は銭に困ってなさるだよ。黙って受け取ってくんな」

笘吉の苦々しい顔が蝮の幸助の顔に浮かび、腹に溜まった憤激が爆発しそうになった。だが、必死で抑えつけ、

「木崎村の、もはや終わりだな」

「ああ、終わりだ。一両ぽっちを預かったわっしの身になってくんな。昔の威勢はどこにもねえべ」

「おい、木崎村の、田部井村の名主西野目宇右衛門が国定村を持て余して裏切りかねないという噂はほんとうか」

「わっしはなにが起こっても不思議でねえと思うだ」

「互いに国定村との関わりは消したほうがいいのでねえか」

笥吉のしわがれ声に不安が見えた。


蝮の幸助は、太田宿から木崎宿に戻る左三郎を足音を消して尾行した。腹に溜まった憤怒《ふんぬ》の感情をなんとか散らさねばと思った、我慢しようと思っても我慢ができなかった。

忠治親分の全盛期、関東取締出役の道案内の大半が忠治から名主を通して金子をもらい、一見関東取締出役の役に立つふりだけをして見せて、忠治に八州廻りの動き方から仕掛ける罠まですべて知らせていたのだ。

上州盗区を中心に忠治一統が自在に暗躍できた理由のひとつだった。

それがいったん忠治が病に倒れ、金の都合がつかなくなったとみると、掌《てのひら》を返した仕打ちだ。金の切れ目が縁の切れ目とは幸助も分かっていたが、左三郎は託された三両のうち、二両を猫糞したのだ。

一方、笘吉が猫糞されたのを知るのは、そう長い先のことではないと幸助は思った。そのとき、どのようなことが起こるか、幸助には分かっていた。

道案内同士の諍《いさか》いではない。その矛先《ほこさき》は忠治に向けられるはずだと思った。

蝮の幸助は、笘吉のところで見つけた鍬《くわ》の柄《え》を握り直し、左三郎との間合を詰めた。

提灯を灯した左三郎の背に三、四間と迫ったとき、左三郎が気配を感じたか、振り向いた。

「なんだ、てめえは」

左三郎が手にした提灯を投げ出すと、腰の長脇差に手をかけた。

その瞬間、破れ笠を被った蝮の幸助が鍬の柄を振りかざして、左三郎の脳天を一撃した。すると、くたくたと他愛もなく例幣使街道に倒れ込んだ。

蝮の幸助は、懐に忍ばせた匕首《あいくち》で心臓《しんのぞう》をひと突きして殺そうという衝動を堪え、鍬の柄を投げ出すとその場を立ち去った。

二

上州の夜の闇は濃かった。いつの間にか月が厚い雲間に隠れたか、漆黒《しっこく》の闇が足尾銅山街道を覆っていた。

影二郎は、菱沼喜十郎・おこま親子と別れて流れ宿を目指していた。どうゆっくり歩こうとせいぜい三、四里の距離だ。旅慣れた影二郎の足ならば、一刻半もあれば利根川河原にたどり着くはずだった。それが行けども行けども河原に出るふうはない。

街道を外れたわけではない。ひたすら街道を歩いているのに進んでいる様子はない。

さすがの影二郎も、

（いささかおかしい）

と思い始めた。

なんぞ狐狸妖怪《こりようかい》の悪戯《いたずら》に引っかかったか。とはいえ、念仏を唱える信心は影二郎にはない。闇が影二郎の力を試しているならば、それに真っ向から立ち向かうまでと、闇の中に一歩一歩確実に歩を進めた。

不意に影二郎の見開いた目に灯りが映じた。

ゆらりゆらり
と影二郎を誘う気配の灯りは、手に届くほどの間とも数丁先とも思えた。

いささかだらだらと歩くことに倦《う》み飽《あ》きていた影二郎は灯りに誘われるように従っていった。その内、灯りを目印に進むために街道上を歩いているのか、街道を外れて見知らぬ土地を歩かされているのか分からなくなっていた。

ただ、灯りに魅惑されるように進んでいく。

それにしても夜が明けてもよい刻限だ。だが、闇はさらに一段と濃くなったようであった。灯りがあるために上州の闇が正体が知れぬほどに深く、濃く影二郎を取り巻いていた。

いつしか影二郎は灯りを追うことに集中して正気《しょうき》をなくしていた。物《もの》の怪《け》にでも憑《つ》かれたように灯りに合わせてゆらりゆらりと歩いていた。

未だ秋だというのに厳冬の寒さが募ってきた。左肩にかけた南蛮外衣を無意識の裡《うち》に身に纏い、緩《ゆる》めることなく足を運んでいた。

影二郎は灯りに囚《とら》われた己を思った。そして、己になにかが起こる予兆と知りつつも歩いていた。

(死出《しで》の旅路を歩いておるのか)

そう思いつつもひたすら歩いていた。もはや影二郎の足は棒のように硬直していた。疲弊し切った影二郎の脳裏に突如国定忠治の丸い顔が浮かんだ。病に倒れる以前の、影二郎と初めて赤城山の砦で会ったころの豪胆《ごうたん》にして生気に満ちた忠治の髭面《ひげづら》だった。

(おまえさまもわっしといっしょにあの世へ行くかえ)

と笑いかけた忠治の顔が中気に倒れたあとの、痩せこけた顔に変わった。

「忠治よ、それがしを誘うておるのか」

と呟いた途端、影二郎の足が石ころを踏みつけ、全身に痛みが走った。

その瞬間、影二郎は正気に立ち戻った。

「うむ」

と意味もない言葉を発した影二郎は、とっさに南蛮外衣の下に隠された法城寺佐常の柄に手をかけると、南蛮外衣を跳ね上げて一気に抜き放った。

先反佐常が漆黒の闇を、そして、遠くにちらちらする灯りを両断するように斬り割った。

すうっ
と闇が遠のいた。

朝靄の中、影二郎は畑作地の真ん中にいた。まだ野良《のら》には人影はない。前方に雑木林が見え、地蔵堂が見えた。

影二郎はよろよろと地蔵堂に歩み寄ると、抜身《ぬきみ》の佐常を鞘《さや》に納め、小さな地蔵堂の扉を開いて阿弥陀如来《あみだにょらい》の御前にへたり込んだ。一文字笠の紐をほどくのももどかしく、南蛮外衣を被って眠り込んだ。

どれほどの刻限が過ぎたか。

「月夜のばんに、重箱すてて、開けて見たらばふわふわまんじゅう、よくよく見たらば、伝兵衛さんの尻だっぺ」

子どもらが歌うわらべ歌に影二郎は目を覚まされた。

影二郎は地蔵様の前にむっくりと起き上がると、頭が重く、足が突っ張ったように疲労していた。夜どおし歩かされたことは真実だった。疲れ切った五体がその証だった。

ふうっ
と息を吐いた影二郎は、南蛮外衣と一文字笠をつかみ、佐常を手によろよろと

よろけながら地蔵堂の扉を開いた。すると子どもたちが影二郎を見て、

「わあっ！」

と驚きの声を上げ、地蔵堂の前から逃げ散った。

だが、ひとりだけ背中に赤子を負ぶった子守娘が地蔵堂に忍び込んでいた影二郎を睨むように見た。

「すまぬ、驚かせたか。昨晩、狐《きつね》にでも騙されたか、夜どおし歩かされてこの地蔵堂に逃げ込んだようだ」

「狐に騙されただか」

「と思うのだが、灯りが闇の中でゆらゆらするのに誘われて歩いておった」

「浪人さん、そりゃ、まちがいねえ、狐火《きつねび》だ。この界隈の狐は、悪さをするだ。よう命が助かっただな」

「地蔵様のおかげかもしれぬ」

影二郎は地蔵堂に向かって一礼し、なにがしかの賽銭《さいせん》を宿代として置いた。それを見ていた子守娘が、

「浪人さん、どこから来ただ」

「田部井村から利根川河原の流れ宿に戻る途中であった」

「流れ宿、どこにあるべ」

「ここはどこか」

「伊勢崎の南外れだ」

「伊勢崎まで狐火に歩かされたか。利根川はどちらに流れておる」

「あっちだ」

子守娘の指す方角に影二郎は歩き出した。四半刻も歩かぬうちに利根川の流れに出た。

そね婆の流れ宿の二里ほど上流に出ていた。

夕暮れが利根川を染めていた。

影二郎はぱんぱんに張った両足の筋肉をもみほぐすと、土手道を下流へと向かって歩き始めた。


坊主婆の蝮の幸助は、いらいらしながら、そね婆の流れ宿で夏目影二郎の帰りを待っていた。

「坊さんよ、そう苛立《いらだ》っていてもどうにもなるめえ。夏目の旦那と約定はねえんだべ」

「婆さん、ねえよ」

「坊さんにしては乱暴な物言いだな。おめえさん、偽坊主だべ」

「うるせえ」

と言い放った蝮の幸助は、流れ宿を出ると利根川の土手を上がり、世良田宿へと歩いていった。格別にあてがあったわけではないが、流れ宿で漫然と影二郎を待つのが耐えられなかったのだ。


そんな蝮の幸助が流れ宿を出た一刻あと、夏目影二郎が疲れ切った顔付きで流れ宿に戻ってきた。

「おや、夏目の旦那」

「それがしを訪ねて蝮の幸助なる者が訪ねてこなかったか」

「蝮ね。破《や》れ笠の生臭坊主なら夜明け前からいらいらして、おまえさまの帰りを待っていただがね、つい一刻前に出ていっただ」

「おお、やはり来ておったか」

「ありゃ、偽坊主だべ」

「まあ、そうだ」

「何者だ」

「聞かぬほうがよい。この流れ宿に迷惑がかかるやもしれぬでな」

「そう言われると知りたくなるのが人情だべ。夏目の旦那、言わねえか」

「忠治の子分、蝮の幸助だ」

「なんと忠治親分の子分だか。日光の円蔵、八寸才市《さいち》、山王民五郎《さんのうたみごろう》、板割浅太郎《いたわりあさたろう》、桐原長兵衛《きりはらちょうべえ》、鹿安《しかやす》、三ツ木文蔵《みつぎぶんぞう》、神崎友五郎《こうざきともごろう》とよ、名を挙げだしたらキリがねえほど、錚々《そうそう》たる子分がいるがよ、蝮の幸助なんて聞いたことはねえな。親分に盃ももらわねえ、半端者じゃあるめえな」

「大方、そうかも知れぬ。お婆、坊主はなんぞ言い残さなかったか」

「おらがそういらいらするなと小言を言うたら黙って出ていっただよ。そのうち、戻ってくるべ」

待とう、とそね婆に言い残した影二郎は土間の梯子段を上り、中二階の、敷きっぱなしの寝床に転がり込んだ。

喚《わめ》き声で目が覚めた。

蝮の幸助の声だった。影二郎が声を発する間もなく梯子段がきしんで破れ笠を被った蝮の幸助が姿を見せた。小脇に流れ宿の煙草盆を抱えている。

影二郎は外の様子を見て、暮れ六つ（午後六時）は過ぎていると思った。

「どこに行っていたんだ」

蝮の幸助が非難の声を上げた。

「なにがあった」

影二郎の冷めた声に幸助は、破れ笠を脱ぎ、胡坐《あぐら》を掻いた。小柄な幸助の頭が屋根裏に触れそうだった。

「なにがあったって、南蛮の旦那のくれた金が厄介を引き起こしそうだ」

「蝮、一服して落ち着け」

と命じた影二郎は、大前田英五郎と国定村の養寿寺で会ったことを告げた。

その話を蝮の幸助は煙管《キセル》で一服しながら黙って聞いていたが、影二郎に質した。

「ならば、英五郎親分が重兵衛を呼んで五十両を渡したことは承知だな」

「承知しておる」

「話はその先だ」

と前置きした蝮の幸助が、忠治の新たな命を得て重兵衛が世良田村の名主の幸助を訪ね、十両を渡して道案内の三人に三両ずつ、そして、残りの一両を名主の幸助にと配分まで指示したことを告げた。

「世良田村の名主が十両の内、いくらかを誤魔化《ごまか》したか」

「いや、名主の幸助さんは例幣使街道木崎宿の道案内左三郎に九両を渡して、同業の馬太郎と太田宿の笘吉のふたりに三両ずつの配分を願った。ところが左三郎め、馬太郎には三両渡したが、笘吉には一両しか渡さなかったのだ」

「左三郎の猫糞はすぐにばれよう」

「笘吉とて道案内を長年務めてきた海千山千だ。次の日に馬太郎に問い合わせて、左三郎が二両を誤魔化したことをつかんだ」

「木崎宿の左三郎の家に怒鳴り込んだか」

「いや、笘吉め、猫糞の一件をつかんだにもかかわらず、えらく静かなんだよ。そいつがな、却って不気味でな」

「笘吉の旦那はだれだ」

「だれかと格別につながりがあったわけじゃねえ」

「蝮、笘吉が八州廻りに密告することが案じられるか」

「上州の名主や道案内は大概親分に通じてやがる。もし親分が捕まるとなったら、名主も道案内も根こそぎ八州廻りに挙げられよう。笘吉め、わが身可愛さにこの辺が親分の見限りどころと注進に及ぶかもしれねえ」

「笞吉は忠治の隠れ家を承知か」

「承知ならばとっくに己の手柄と中山誠一郎か関畝四郎の旦那にたれ込んでいよう」

「となれば、ご注進のしようもない」

「いや、この銭の流れを反対にたどっていけばどうなるよ。笞吉、木崎宿の左三郎、世良田村の名主の幸助、子分の重兵衛、大前田英五郎親分、そして、このわっしだ」

「さらに遡《さかのぼ》ればこの夏目影二郎、元大目付常磐秀信となる。この筋、大前田の親分をおまえが選んだのは慧眼《けいがん》よ。大前田英五郎は、知らぬ存ぜぬで押し通すぜ」

「だろうな」

腕組みした蝮の幸助が考え込んだ。

「だがよ、太田宿の笞吉が黙っているのが気にいらねえや。あいつ、一文の銭にも汚い野郎だぜ」

蝮の幸助の不安にも一理あった。

流れ宿に泊まり客が訪れた気配がした。

「重兵衛までたどって、苫吉は忠治の居場所にたどり着くだろうか」

「中山の旦那方も網を何か所かに絞り込んでいるのは確かだ。笘吉がなんぞつかんだとしたら、今日明日にもお縄になるぜ」

「その不安は忠治が会津からこの上州に戻ってきた四年前から繰り返し言われてきたことではないか。忠治は腐っても鯛だ、このあたりには、忠治を助ける上州人が未だいるのではないか」

「南蛮の旦那、泣き言になるがよ、この一、二年で親分の縄張りは様変わりだ。親分をひそかに助けてくれた分限者や名主が一人またひとりと八州廻りの脅しに屈してよ、少なくなった。そこへもってこたびの中気の一件だ。南蛮の旦那、親分が隠れ潜む場所は、もうふたつ三つしかねえ。そいつを転々と代わり番にして凌《しの》いでいるのが実情だろうよ」

「おまえは今宵忠治がいる場所を承知か」

「どうする気だ、南蛮の旦那」

「分からぬ、一度話してみたい」

「その次第では、会津に逃がす手伝いをするというか」

「それはあるまい。大前田英五郎と同じく、それがしも縄目にかかった忠治を見たくないだけかもしれぬ」

「自裁を勧めるというのか」

「その道が正しいのかどうか、判断がつかぬ」

胡坐を掻いた坊主姿の幸助が思案した。長い沈思であった。

「心あたりを当たってみる。明日の朝までに親分の居場所をつかんで流れ宿に戻ってくらあ」

影二郎は蝮の幸助の考えにただうなずき、秀信が路銀と渡してくれた百両の内、残り少なくなった金子から五両を渡した。

「すまねえ」

「坊さんに喜捨《きしゃ》だ、礼を言うこともあるまい」

うなずいた蝮の幸助が、

「太田宿の笘吉とおれが親分の居場所を突き止める争いになったようだ。なんとしても南蛮の旦那と親分を会わせたい」

と答えたとき、流れ宿に大声が響いた。

「火付盗賊改方の宿改めだ。雁首《がんくび》を揃えねえ」

江戸弁の命が続いた。

「流れ宿だ。おまえさん方から見れば、みんな怪しい者となるかもしれねえがよ、おまえさん方の調べに合うような者はいねえだよ」

そね婆が抗弁した。

「つべこべ吐《ぬ》かすでない。あれこれ吐かすならば、掘立小屋を叩き潰して火をつけようか」

蝮の幸助の体が固まっていた。動けばみしみしと鳴った。影二郎は目顔《めがお》でじいっとしていよ、と命ずると不意に法城寺佐常を手に立ち上がり、梯子段を下りていった。

流れ宿の客が、五、六人土間に立って、江戸から連れてきた御用聞きが十手を翳《かざ》して一人ひとりを問い質そうとしていた。

流れ宿の戸口に火付盗賊改の同心がいた。影二郎が初めて見る顔だった。

「なんだ、てめえは」

中年の十手持ちの十手が影二郎の胸を突いた。その十手の先を影二郎は、手で払った。大きな体がよろめいた。

「流れ宿には浪人者も寝泊まりするのか」

「そのほう、江戸者か」

「ああ、神田川岸辺の豊島町《としまちょう》の太郎次《たろうじ》だ」

「神田川で産湯《うぶゆ》を使ったにしては、顔がむさいな」

「てめえ、吐かしやがったな。これでも喰らえ」

といきなり十手を振り翳すと、殴りかかってきた。だが、影二郎の右手が太郎次の頬桁《ほおげた》を張り飛ばすのが早かった。大きな体が土間の隅に転がった。

すいっ
と火付盗賊改同心が入ってきた。

「そのほう、何者か」

「夏目影二郎」

と名乗った影二郎の言葉に相手がごくりと唾を呑み込む音を立てた。

「名くらい承知か」

「八州狩りの夏目影二郎どので」

「と呼ばれた時代もあった。そのほうの名は」

「先手組《さきてぐみ》から臨時に火付盗賊改に貸し出された柴村彦三郎《しばむらひこさぶろう》にございます」

「流れ宿に忠治がおると思うてか。他を当たれ」

と影二郎が睨むと、

「太郎次、引き揚げじゃ」

と柴村が影二郎に一礼し、外へと出ていった。

三

菱沼喜十郎・おこまの親子は、国定村の養寿寺に厄介になって二日目の夜を迎えた。

嘉永三年八月二十三日のことだ。

親子はさほど大きくもない寺の宿坊の一室に布団を敷き並べて眠りに就こうとしていた。

昨夜遅く寺の庫裡《くり》を訪ねて、一夜の宿を乞《こ》うと夏目影二郎の名を出したせいか、貞然住持《じゅうじ》は快く泊めてくれた。そればかりか、菱沼親子の身許になど一切触れようとはしなかった。

翌朝、おこまは庫裡の手伝いをして過ごした。

貞然は格別におこまの行為を気にとめることもなく、喜十郎が部屋の隅にあった碁盤《ごばん》を持ち出して、記憶の中にあった碁の定石を並べる様子を見て、

「愚僧も下手な碁を打ちます。菱沼様、お相手を願えますかな」

と昼間からふたりして烏鷺《うろ》を戦わせた。

喜十郎と貞然の碁はほぼ互角で、三番打って喜十郎の二勝一敗。お互い世間話をしながら碁を打って時を過ごした。

この界隈のだれもがそのときを待っていた。

むろんそのときとは、国定忠治が役人に捕縛されるときのことだ。もはやだれもが忠治の終焉は間近だと感じていた。だが、だれもそのことを口にすることはない。ただ、静かに待っていた。

国定村には関東取締出役、つまりは八州廻りの関わりの者や、江戸から新たに出張ることを命じられた大目付、目付、火付盗賊改支配下の面々が目を光らせていた。

ために土地の者は仕事どころではなかった。だが、なにかしていないと落ち着かなかった。男は野良に出て働き、女も蚕棚の手入れなどをした。蚕は、桑のつやつやとした新葉を食べて育つ。八月は桑の枯れる時期だった。

二日目の夜、就寝する折り、おこまが喜十郎に呟いた。

「和尚様は忠治親分の居場所を承知なのではございませんか」

「和尚ばかりではあるまい。村の大半の者がどこにおるのか察しておろう。だが、われらのようなよそ者に漏らすことはない。それがせめてもの忠治への最後の恩義と思うておるのだ」

「土地の人々が忠治親分へ恩義を感ずるのはなぜでございましょう。忠治親分は江戸では関所破りの大罪人、島村伊三郎《しまむらいさぶろう》を始め何人かを殺した咎人、さらには公方《くぼう》様の日光社参の邪魔をしようとした不届き者でございます」

おこまは分かっていることを父に尋ねた。

「江戸と上州では忠治への考え方、想いが違う。忠治は貧しかった上州の実情を江戸に知らしめた人物じゃ。さらには江戸幕府の施政がこの上州でなんの効果も上げていないことを知らしめた男なのだ。忠治はこの界隈の人の不平不満を代弁した上州人として感謝されておるのであろう」

親子のこのやり取りは何度も折りに触れ、口にされてきたことだ。

「貞然様が私たちを黙って寺においてくれるのは、忠治親分の捕縛が迫っていることを感じておられるからでございますね」

「上州にとって哀しみの日がすぐそこにあることをだれもが承知しておる」

その日、親子は長岡家の墓に線香が手向けられ、仏花が上がっているのを見ていた。それは長岡家の者が為したことではない。村人がひそかに行ったことだと親子は承知していた。

親子は床に入り、灯りを消してもなかなか寝付かれなかった。

「影二郎様はどうしておられましょうか」

「われらと同じ気持ちであろう。八州狩りと呼ばれた影二郎様は今では八州廻りの中山誠一郎どのや関畝四郎どのと意を通じておられる。おふたりは、役目を忠実に全うしてこられたからな。できることなれば、両人に手柄を立てさせたいと影二郎様は考えておられよう」

「影二郎様がなにか動かれることはございませんね、父上」

「この期に及んで忠治のために為すことはあるまい。われらといっしょ、ただ一代の英傑として忠治の最期を見送るしか途《みち》は残されておらぬ」

「その日が近い」

おこまの呟きに喜十郎が答えることはなかった。

夜明け前、寺に異様な空気が走ったのをおこまは感じ取った。

異変が起ころうとしていた。だれかがそのことを寺に知らせに来たのだ。

「父上」

「起きておる」

親子は暗闇の中で身仕度を整えた。すると廊下に灯りが浮かんで親子の部屋へと近づいてきた。

「菱沼様、おこまさん、田部井村の名主西野目宇右衛門の屋敷に八州様が入られます。参られますな」

「和尚、お知らせありがたく存ずる」

喜十郎の言葉に貞然は重い溜息で応じ、

「菱沼様、邪魔になる持ち物があれば寺に置いておきなされ。お預かりしておきます」

「お心遣い痛み入る」

喜十郎の返答に貞然が廊下に灯りを残して庫裡へと戻っていった。

喜十郎は弓箭は流れ宿に残してきていた。だが、おこまは用心のために亜米利加《アメリカ》国古留止《コルト》社製の連発式短筒を持参していた。おこまはその飛び道具を布に包んで養寿寺に残しておくことにした。

もはやなにが起こったとしても一挺《ちょう》の短筒で変えられる話ではなかった。混乱に油を注ぐような持ち物は寺に残して親子は仕度を整え、庫裡に向かうと貞然の姿はなかった。だが、若い修行僧が白湯《さゆ》と新しい草鞋を用意して待ち受けていた。

「造作《ぞうさ》をおかけした」

心づくしの白湯を口に含んだ親子は草鞋の紐をしっかりと結び、一礼すると庫裡を出た。

まだ闇が国定村を覆っていた。

どこかで鶏鳴《けいめい》が刻を告げていた。

親子は本堂の前から山門に向かった。一礼する親子の耳に貞然の読経の声が聞こえてきた。いつもの朝課《ちょうか》のお勤めではない。忠治のための読経だった、そのことを親子は承知していた。

国定村と田部井村は旅慣れた親子にとって指呼《しこ》の間《かん》だ。

ひたひたと畦道を抜けて田部井村に近づいていった。するとふたりの五感に異様な緊迫が迫ってくるのが分かった。貞然は言外に、

「忠治の捕縛」

を告げていた。ということは田部井村の名主宇右衛門方に忠治とその一統が匿

われているということだ。

未だ親子は知らなかったが、常磐秀信のへそくりの百両の一部が回り回って忠治の手に渡り、子分の重兵衛から道案内の木崎宿の左三郎と馬太郎、さらには太田宿の笘吉に届けられていた。

だが、左三郎は笘吉に三両渡るべきところを一両しか届けなかった。笘吉はこの左三郎の仕打ちと自らの保身を考えて、関東取締出役に忠治の行動を左三郎から渡された一両とともに届けていた。

一方、笘吉が忠治が匿われた場所をつかんでいたかとなると、甚《はなは》だ怪しい。もうひとり、忠治を裏切った人物が介在していなければ、田部井村の名主宇右衛門方の急襲には至らない。

すべてことが済んだあとのことだ。

羽倉外記は、『赤城録』なる書物を記し、その中に、

「忠陰《かげ》に安五《あんご》等に告げて曰く、宇右信じ難し、然れども我横行すること二十余年、病発し刑に遭う、固《もと》より甘んずる所なり」

と捕縛された忠治の告白の一部を書き残している。

忠治は宇右衛門が裏切る可能性のあることを国定一家の跡継ぎ、境川の安五郎

らにも仄《ほの》めかしていたというのだ。つまり宇右衛門は、逃亡者の忠治を庇《かば》い切れないと考え、八州廻りに早晩密告することを、忠治は察していたというのだ。そんな人物にしか忠治は頼れないほど追い込まれていた。

菱沼親子の前に不意に人影が立った。

「何者か」

どうやら関東取締出役の配下の若い者と思えた。

「ご苦労に存ずる。それがし、羽倉外記様関わりの者にて菱沼喜十郎でござる」

と喜十郎は羽倉の名を持ち出した。

「なにっ、羽倉様関わりの者じゃと」

「ご不審なれば、中山誠一郎どのにお尋ねあれ」

まだ役職に慣れない若い役人は、黙って道を開けた。

「名主宇右衛門の屋敷はどこか」

「二丁ほど進んだ長屋門から柿の枝が表に差しかかっておる家にございます」

「すでに踏み込まれたか」

「いいえ、未だ、その下知《げじ》は」

と若い役人が答えたところに、

「関東取締出役の中山誠一郎、出役《でやく》である！」

「同じく関畝四郎、名主西野目宇右衛門ならびに一統、神妙にいたせ！」

の声が薄闇をついて響き渡り、強盗提灯《がんどうぢようちん》が一斉に灯された。さらに光の中、八州廻りの面々が鉄砲や長十手を構えて表と裏戸を叩き破って飛び込んでいった物音がした。

菱沼親子は、足を速めた。

一丁も行かぬうちにたわわに実った柿の枝が長屋門の傍らから表に突き出した屋敷を八州廻りが十重二十重《とえはたえ》に囲んでいるのが見えた。

喜十郎とおこまは、八州廻りの囲いの外から名主の屋敷で展開されているであろう捕り物を想像していた。だが、屋敷の中はざわめきが起こったあと、奇妙に静かだった。

忠治は名主屋敷に匿われているのかいないのか、なにが起こっているのか。このたびも偽《にせ》の情報に躍らされての空騒ぎに終わるのか。

そんな考えが菱沼親子の脳裏を過った。

長い静寂はしばらく続いた。

屋敷の内も外もただ沈黙を守っていた。なにに驚いたか、宇右衛門方の飼犬と

思える犬がひと声だけ吠えた。その直後、

「関東取締出役中山誠一郎、関畝四郎が国定忠治を召し捕ったり！」

の誇らしげな声が屋敷から響き渡り、名主屋敷を囲んでいた配下の面々から歓声が起こった。だが、その歓声も一瞬だけだった。

関東取締出役にとって、伊三郎殺害から十六年、勘助殺しから八年、苦節の歳月を経て捕縛した国定忠治は、特筆すべき大手柄であった。

江戸幕府にあって天保の飢饉《ききん》の最中、腐敗堕落した八州廻りを夏目影二郎に粛清《しゆくせい》されて、関東取締出役の名は地に堕《お》ちた。その汚名を返上するに十分な勲《いさおし》であった。

だが、忠治捕縛にもかかわらず沈鬱《ちんうつ》な空気に包まれているのはどういうことか。

「父上、影二郎様にお知らせいたしますか」

おこまが喜十郎に問うた。

「いや、すでにだれぞが流れ宿に走っていよう」

親子の頭には坊主姿の蝮の幸助があった。

「それに忠治が確かに捕らわれたという証がほしい」

菱沼親子はひたすら待った。

捕縛の声から四半刻が過ぎ、半刻が経った。

不意に長屋門に緊張が走った。

後ろ手に捕縛され、寝間着の裾を開けて裸足《はだ》姿の名主の宇右衛門がよろよろと姿を見せた。顔は真っ青でがたがたと身を震わしていた。だが、また宇右衛門が敷地内に戻された。

ざわめきが名主屋敷を取り囲んだ役人や小者から起こった。

「おい、忠治はいなかったのではないか」

「いや、最前、中山様の声を聞いたであろうが。中山様が忠治を見間違えるわけもない」

「いかにもさようじゃ」

という問答が交わされた。すると関畝四郎が姿を見せ、包囲陣の中から何人かを指名して屋敷内に呼び込んだ。関が引き返そうとするのに喜十郎が声をかけた。

「関どの、お手柄にござった」

関畝四郎が声の主を振り向き、

「菱沼どのか」

と応じた。

上州盗区を中心に立場は違えど、歩き回ってきた幕臣の両者だ。

しばし考えた関が囲いの中から親子を手招きした。

「ご免」

と言いながら鳥追い姿の娘を連れた菱沼喜十郎が関の前に立った。

関はそのとき、難題を解決するため老練な菱沼の知恵を借り受けようと考えていた。また菱沼の背後には夏目影二郎が控えていた。影二郎の父はすでに致仕していたが大目付であった常磐秀信だ。

「いささか知恵を借り受けたい」

「その前にお確かめ申す。国定忠治を召し捕られましたな」

喜十郎の問いに関が大きく首肯した。

「大手柄にござる」

「菱沼どの、忠治と一統を捕縛することに専念いたしたために、忠治をどこへ留置いたすか、考えておらなんだ」

関畝四郎は正直に当面の難題を告白した。

「そなたも中山どのもお縄になった忠治を子分どもが取り戻しにくるとお考えか」

「十六年来の国定忠治のお縄にござる。なにがあってもならぬ」

「いかにもさよう。万々が一を考えて安心できる忠治の留置場所は、江戸であろう。じゃが、中気の忠治を性急に江戸送りにすることもなるまい」

「中山どのもそれがしも、まず忠治の容態を医者に診《み》せることが先決と考えており申す」

忠治を捕縛したはよいが、中山と関が難儀《なんぎ》に直面していることに菱沼喜十郎も気付かされた。

江戸時代、幕府直轄地において犯罪者を確実に留置する場所は、江戸小伝馬町の石出帯刀《いしでたてわき》が司《つかさど》る牢屋敷しかない。だが、病の重要犯罪者国定忠治を、急ぎ旅して江戸に送り、病を亢進《こうしん》させることはなんとしても避けねばならなかった。国定忠治の罪状を逐一調べ上げて、天下に公表することこそ、幕府の要望ということはだれしも推量がついた。

菱沼喜十郎は、しばし上州内の領地に思いを馳せた。

「中山どのは中に、屋敷内におられるか」

関は菱沼になんぞ考えが浮かんだと推察し、親子を長屋門の中へと案内した。

田部井村の名主の敷地は恐怖のあとの虚脱が支配していた。

玄関先には、最前門前にちらりと姿を見せた宇右衛門や、忠治の子分の清五郎や七兵衛《しちべえ》が縄をかけられて座らされていた。その様子から関東取締出役の捕り物に激しく抵抗した痕跡は見られなかった。

玄関先に中山誠一郎が呼ばれ、菱沼喜十郎が関と同様に、

「積年のご苦労が実り、お手柄にござった」

と祝意を述べ、関が喜十郎に知恵を借りたことを述べた。

中山も関も菱沼喜十郎が幕臣である以上に人柄を承知していたゆえに、胸襟《きょうきん》を開いてみせた。

「そなたらの手柄は確固としたものでござる。この際、数日、忠治一統のお調べの体制が整うまで、伊勢崎藩の中島牢《なかじまろう》に忠治の身柄を預けられぬか」

中山も関も喜十郎の提案に即座にうなずこうとはしなかった。

伊勢崎藩領の北西部にある中島部落に咎人を一時的に収容する寄場牢《よせば》があった。この界隈に七十五か所ある寄場のひとつであり、この牢を中島牢とも呼んだ。

「なに、一時のことでござる。その間に忠治の残党の動きや城中の考えが見えてきましょう。さすれば、ふたたび忠治の身柄はそなたらの手に戻されることになる。なにも手柄を伊勢崎藩に譲ることはございますまい」

「この数日が勝負にござる」

と中山誠一郎が言った。

幕臣の菱沼喜十郎にはその気持ちがよく分かった。

中山誠一郎や関畝四郎にとって、生涯一度あるかなしかの大手柄であった。ここで忠治の残党に忠治の身柄を奪い返されたり、盗区内で騒ぎが起こることだけは避けたかった。それは手柄に傷をつけてしまうどころか、中山、関両人の大失態となってしまう。

「菱沼どの、夏目どのはどちらにおられるか」

「流れ宿におられます」

「伊勢崎藩の中島の寄場牢に忠治を一時預ける役目、夏目影二郎どのに願えぬか」

「昔の敵にございますぞ」

「ただ今はわれら腹を割って話し合うたと思うております」

「すでに影二郎様のもとにはだれぞが連絡《つなぎ》に走ったと思えますが、そちらに早馬を出して影二郎様をお連れなされ。そして、直におふたりが願われることです」

よし、とうなずいた中山誠一郎が早馬の手配を配下に命じ、利根川河原のそね婆の流れ宿に行き夏目影二郎に田部井村まで足労《そくろう》を願えと命じた。

流れ宿にいる夏目影二郎の元に坊主婆の蝮の幸助が真っ先に駆けつけてきた。そして、忠治が捕縛されたことを報告した。

「蝮、忠治がお縄になったのは見たか」

「いや、確かめられるものか。屋敷に乗り込んだ中山や関の面々とは別に名主の屋敷を十重二十重に役人どもが囲んでいるんだぜ」

「なぜ忠治がいると分かる」

「親分がいる印があるんだよ、数人の子分だけにしか分からない印だ。そいつが名主の家にかけられているんだ。親分が宇右衛門方に戻っていなさるのは、間違いないところだ。中山の旦那方がいつまでも見逃すはずもあるめえ」

「そうか、忠治は中山誠一郎らの手に落ちたか」

影二郎の胸に虚《うつ》ろな風が吹き抜けた。

「どうしよう、南蛮の旦那」

もはや為すべきことはない、と思った。

「蝮、おめえは己の身の振り方を考えるのだ。忠治はもはやわれらの手が届かないところに行ったわ」

と影二郎が答え、蝮の幸助が坊主頭をこぶしで叩いて、

「くそっ」

と罵《ののし》った。

四

忠治は、夢を見ていた。

冬の雪深い会津路を三度笠に道中合羽を身に纏い、長脇差を腰にぶち込んで独り旅をしていた。一歩一歩草鞋の足を進めるたびに、ずぶずぶと足首まで雪に埋まり、足先から寒さが襲いかかってきた。寒さはそのうち痛みに変わり、さらに感覚がなくなっていった。

忠治の前に峠道が待ち受けていた。

雪が深くなり、足首が膝まで埋まるようになった。それでも忠治の気持ちは萎《な》えることはない。

孤鴉《こあ》のように独りで旅をしようと忠治の気持ちは萎えることはなかった。なに

よりもそのことが喜びだった。

八州廻りなんぞが何人来て忠治を追捕しようと、縄張りの盗区から会津にかけては忠治を住人たちが守ってくれた。雪降る峠道もう少し進めば、ちろちろと囲炉裏が燃える山家が迎えてくれる。

雪が積もれば春がくる。

会津路に遅い春が巡りくると、雪の下から三つ葉や芹《せり》や蕗《ふき》の薹《とう》など春を待ちわびていた植物が姿を見せ、冬眠していた熊なんぞが息を吹き返す。

忠治は春の会津が大好きだった。自らの体内から生きようという生命力と八州廻りなにくそという闘争心が蘇ってくるのだ。

山が緑に包まれ、そのうち山桜が咲くころには、会津の山に薄霞がかかったようで、山全体が喜びに笑って忠治を迎えてくれた。

そうだ、と忠治は思った。

桑の葉が青々と茂る蚕の季節は上州が上州らしく蘇り、生き生きとする季節だった。蚕が桑の青葉を音を立てて食べる百姓家の二階屋で仮眠するのも忠治は大好きだった。養蚕が上州に金をもたらしていた。男たちが懐に銭を入れた巾着を突っ込んで忠治の仕切る賭場にやってきた。

だれもが生き生きとしていた。

夏、小太りの忠治にはいちばん苦手な季節だった。それでも道中合羽を肩にかけ、三度笠で赫々《かっかく》たる陽射しを避けて例幣使街道から日光裏街道を行くとき、忠治は汗を掻きながらも、

「江戸を慌てさせる策」

を頭に描いていた。

上州に生まれた忠治にとって、江戸は異人が住む都だった。米も満足に穫れない上州には愛らしい娘を安い銭で買い叩く女衒《ぜげん》が横行し、一家が離散していく風景を間近に見てきた。

江戸にひと泡吹かせることはなにか、そんなことばかりを考えていた。

いつしか、義賊と呼ばれ、上州人の頭分のように祭り上げられていた。このことがいかに危なくも愚かなことか、忠治には分かっていた。お上の巨大な力は、盗区内で八州廻りと追いつ追われつの旅を繰り広げている身がとくと承知していた。

そこまで秋が来ていた。

上州がいちばん色付く季節で赤城山や妙義山《みようぎさん》も紅葉に染まった。忠治は二本

宇右衛門とは磯沼浚《さら》いに行った折りからの腐れ縁だ。磯沼を浚うのは幕府《おかみ》の仕事だ。それを宇右衛門と忠治が引き受けた。その界隈の村人にはふたりの義侠は喜ばれたが幕府の怒りを買った。

「名主や咎人が為すべきことではない」

という理屈はふたりには理解ができなかったのだ。

中気に倒れて何度目か、宇右衛門の屋敷に戸板に乗せられて舞い戻ってきたのは。

八州廻りの目が宇右衛門の屋敷から遠のいた折りに出入りを繰り返した。時に忠治の考えで宇右衛門が持つ山林の中に小屋を建てて、その中で暮らしたこともあった。だが、病人が暮らすには山林の中の小屋は不便だらけだ。結局数日と耐えられずに宇右衛門の宅に戻った。

田部井村の名主の屋敷は広く、忠治と一統が隠れるには都合がよかった。だが、忠治の周りの清五郎らは宇右衛門がだんだんと忠治一行の滞在を迷惑に思っていることに気付かなかった。

だが、口が利けず体が不じゆうになった忠治は、宇右衛門が信用ならずいつかは八州廻りに寝返ることを察していた。

宇右衛門は忠治を屋敷に入れて八州廻りに注進することで、

「免罪」

を願おうと考えていた。

だが、八州廻りの忠治に対する憤激の深さを宇右衛門は読み誤っていた。

忠治の耳に大声が届いた。

「関東取締出役の中山誠一郎、出役である！」

ついに来た、と思ったが忠治は寝返りひとつできなかった。傍らに寝起きしていた町が飛び起きて、その顔が恐怖に歪んで泣き出し、子分の清五郎らがあたふたする姿が見えた。

だれひとりとして八州廻りに抗《あらが》う者はいなかった、また冷静に処する者もいなかった。ただ、気を動転させて意味もなく走り回っていた。

盗区の中で威勢を張った国定一家は、とうの昔に崩壊していた。

八州廻りの出陣という混乱のただ中に、陣笠、打裂《ぶっさき》羽織に野袴、武者草鞋を履いた中山誠一郎らが長十手を翳して病間に飛び込んできた。

泣きじゃくっていた町が忠治の枕元にへたり込んだ。

「長岡忠次郎だな」

中山誠一郎が興奮を抑えた表情で質した。だが、忠治はなにも答えられなかった。小便が漏れるのを必死で我慢した。

天下の忠治が八州廻りにお縄になったとしても、小便を漏らした醜態《しゅうたい》だけは晒したくなかった。

忠治の口の端から涎が激しく流れ出た。

「国定村生まれの忠治だな」

中山の傍らに立った同輩の関畝四郎が問い質した。

関東取締出役の中山誠一郎と関畝四郎は、だれよりも忠治のことを承知していた。この十数年、夜も昼も忠治を追いかけてきたのだ。

一方、忠治も八州廻りの中でも敏腕の中山誠一郎と関畝四郎のことを知っていた。両人がどのようなことを考え、どのような罠を仕掛けてくるか、ふたりの胸の中を読んで生きてきたのだ。

それでいながら敵と味方の間柄の三人は、対面したことも言葉を交わしたこともなかった。この場が初対面であった。

「国定忠治か」

ふたたび中山が忠治の枕元に片膝をつき、興奮を抑えた声で質した。

忠治は涎が流れる口を閉じようとしたができなかった。両の瞼を閉じると、
がくりがくり
と顎をゆっくり動かしうなずいた。

その動作を見た中山誠一郎が叫んでいた。

「関東取締出役中山誠一郎、関畝四郎が国定忠治を召し捕ったり！」

忠治捕縛の一切のお膳立てをなした中山誠一郎、この日の捕り物を直接指揮した関畝四郎の両人の勝利の雄叫《おたけ》びであった。その声は名主の屋敷の内外に誇らしげに響き渡った。

忠治に従っていた清五郎、町らもお縄になり、忠治を匿っていた名主の宇右衛門も別室で八州廻りの手によって高手小手《たかてこて》に縛り上げられた。その折り、宇右衛門は、

「お役人様に申し上げます。昨夜、忠治一家が押しかけてきましたゆえ、一夜の宿を貸し与えた上、出役様に通告いたす手はずにございました。そのこと、中山誠一郎様、関畝四郎様にお問い合わせくだされ」

と願った。

だが、小者が長十手で額をしたたかに割る行為がその返答であった。

田部井村の名主西野目宇右衛門方に嵐が吹き荒れ、忠治と従った清五郎ら子分、さらには妾の町、名主方の家族、奉公人のすべてが足止めを食らい、男たちは縄目を受けて土間に転がされた。

その数、二十数名の大捕り物であった。

この縄目を逃れたのは忠治の実弟の友蔵、国定一家の跡目を継いだ二代目の境川の安五郎、清蔵《せいぞう》、沢吉《さわきち》ら数名だけであった。

一方、病の忠治を縛るわけにもいかず、床に寝かせたまま、町に世話をさせることにして見張りをつけた。また友蔵らの追捕も控えていた。

中山誠一郎と関畝四郎は、忠治を捕まえたはいいが、そのあとのことは明確に考えていなかった。

「中山どの、まず江戸へ注進すべきではござらぬか」

「おう、そのことじゃ。書状を認め、早馬にて伝えるべきであろう」

「ならば、字が上手な者がそれがしの配下におるゆえ認めさせよう」

「関どの、忠治をお縄にしたが、中気の症状が重きゆえこの地にてしばらく医者の治療を受けるべきと以上のことのみを報告なさるがよかろう。その間にわれらは忠治関わりの者を一網打尽にいたすべきであろう」

「いかにもいかにも」

その場に呼ばれた達筆の雇小者が中山の言葉を書状に認めた。その書状を持参した関畝四郎が配下の者ふたりを呼んで早馬にて江戸へ向かえと命じた。

早馬二騎が夜が明けきらない田部井村の名主宅の裏口から街道に向かって飛び出していった。

関はその足で宇右衛門方の表門に廻り、菱沼喜十郎・おこまの親子と会ったのだ。


利根川河原のそね婆の流れ宿に関東取締出役の小者が早馬で到着したのは四つ過ぎのことだった。坊主姿の蝮の幸助は、中二階で仮眠していた。

「夏目影二郎どのはおられるか。関東取締出役中山様の使いにござる」

と叫びながら上気した様子の小者が飛び込んできた。

そのとき、影二郎は囲炉裏端で父の常磐秀信に宛てて書状を認めていた。

むろん内容は忠治が関東取締出役の中山らに捕縛されたことを報告するものであった。秀信はもはや幕閣の一員ではなかった。だが、こたびの影二郎の路銀が父のへそくり金である以上、知らせる義務があると思ったのだ。また父から預かった金子の内、五十両が人を介して忠治に渡り、その金子の一部を忠治が道案内らにばら蒔いて会津へ逃走する間、目こぼしを願ったことが道案内のひとりの裏切りを誘ったようだとの推測を、秀信の陰の功績と書き加えた。だが、金子の出所は極秘が保たれているとし、

〈父上が案じなさることはございません。そればかりか父上の金子が人を動かし、忠治とその一味を捕縛させたと言えます。ゆえに父上の行為が幕府を助けることになったのです〉

と付け加えた。

ほぼ書状を書き終えたとき、中山らの使者が姿を見せたのだ。

「それがしが夏目影二郎じゃが」

「口上を申し述べます。夏目様には田部井村名主宇右衛門方までご足労願いたいとの関様の命にございます」

「八州廻りに命を受ける謂われはなにか」

「さてそれは」

「要件も知らされぬ使者か」

「忠治がわが出役の手にて捕縛されましてございます」

「承知しておる。忠治の容態はどうじゃ」

影二郎は中二階で蝮の幸助が聞き耳を立てているのを承知していた。

「それがし、忠治をこの目で見ておりませぬ。人の話では体も動かせず、返答も満足にできぬ様子とか」

「そのような病人では江戸送りにもできぬな」

「はあ」

と曖昧に返答した使者が、

「夏目様のお出でを願っておるのはわが主中山誠一郎ばかりではございませぬ。菱沼喜十郎とおこまと申す親子も待っておいででございます」

「なに、田部井村の名主宅に菱沼親子がおるか」

影二郎の問いにうなずく使者を見て、影二郎は書き上げた書状を手に立ち上がった。

「そね婆、幸善坊が起きてきたらこの書状を江戸に届けてくれと渡してくれ」

と願い、参ろうかと声をかけた。

影二郎が田部井村の名主宅西野目宇右衛門の屋敷に到着したのは昼前の刻限で

あった。使者が乗ってきた馬を借り受けたが、影二郎は急がせはしなかった。そればかりか、例幣使街道をぽくりぽくりと並足で進んでいった。

街道筋には不逞《ふてい》の者の姿ばかりが目立った。

火付盗賊改、大目付、目付らの臨時雇いの者ばかりで、手柄を立てられなかったゆえに約束の報奨金ももらえず、胸に鬱憤《うっぷん》を抱いてただ往来の者を睨みつけていた。彼らは関東取締出役が、

「忠治とその一統を捕縛した」

と知らされて、頭分から臨時雇いの役職を解かれた面々であった。なんぞ金になることがあれば、と飢えた目が虎視眈々《こしたんたん》と旅人を狙っていた。

だが、南蛮外衣を肩にかけ、一文字笠を被った夏目影二郎に声をかける者はだれひとりとしていなかった。

その昔、八州狩りと異名を取った剣の遣い手として知られていたからだ。

宇右衛門屋敷には、関畝四郎の姿はなく、影二郎の到着を菱沼喜十郎が迎えた。

「それがしになんぞ用を命じようという話か」

「中山誠一郎どのと直に話をして下され」

と喜十郎が願った。

「その前に忠治の様子が見られようか」

「それがし、中山どのに許しを得てまいります」

喜十郎がまるで関東取締出役の支配下の役人のように奥に消えた。すでに宇右衛門宅から主の宇右衛門も町も清五郎らも連れ去られていた。

「中山どのも同席するそうです」

と喜十郎がふたたび姿を見せて、影二郎を忠治のいる病間に案内していった。

忠治は目を瞑《つむ》って床に横たわっていた。その手が小刻みに揺れていた、中気のせいだ。そして、忠治の枕元におこまがいて、看病している様子があった。

中山誠一郎が影二郎に目礼して、部屋の一角に座した。

おこまが席を立ち、影二郎がその席に腰を下ろした。

「忠治、起きておるか」

影二郎が声をかけると、忠治の瞼がぴくりと動き、ゆっくりと目が開けられた。

そして、影二郎の顔を認め、なにか言いかけたが言葉にはならなかった。

「言葉を発する要はない。そなたとおれの間柄だ。黙っていても意は通じておろう」

忠治が顔を歪めた。笑みを浮かべようとしたのだが、笑みにはならなかった。

「忠治、おれとそなたの間には約定があった。そのほうの首斬り役をこの夏目影二郎が務めるという約定であったな」

忠治が瞼を瞬《しばた》かせた。うなずきの代わりだった。

「病に倒れたそなたの首を落とす役目はご免蒙ろう。許してくれ」

忠治がまた瞼を瞬かせ、分かったと意思を示した。

「だが、そなたの最期を見届けるつもりじゃ。それがしになにができるか中山誠一郎どのと話し合うてみる。それでよいな」

忠治の瞼から涙が一筋流れ出た。

「中山どの、それがしに用事じゃそうな。お聞きしよう」

「別室にて願いたい」

と中山が立ち上がり、影二郎は忠治にうなずき返すと忠治捕縛に執念を燃やしてきた役人に従った。

嘉永三年八月二十四日の昼前のことだった。

第五章　忠治くどき

一

上州の季節は静かに冬へと移ろうとしていた。晩秋の上州に砂交じりの空《から》っ風《かぜ》が吹き始めていた。

大手柄の中山誠一郎、関畝四郎らは、忠治を捕縛した場で取り逃がした者らの追捕を続けて次々にお縄にした。

忠治捕縛でその威光が崩れ去ると盗区の規律が外れ、あっけないほどだれもが口を割った。ために子分たちも逃げようがなかった。さらに太田宿の道案内笘吉、木崎宿の左三郎、馬太郎、さらには世良田村の名主の幸助が捕縛された。

忠治から金をもらい、会津へ落ちていくのを見逃そうとした容疑だった。

だが、追捕された面々は忠治の容態が把握できなかったため、中山や関の厳しい尋問にあっても口を割らないこともあった。

いや、この段階では、忠治を頂点とした上州盗区の仕組みや金銭の授受を洗いざらい喋った者はいなかった。

忠治といっしょに捕まった重兵衛は十両を世良田村の名主に届けて、分配を指示したことは喋った。だが、十両は忠治から渡されたものだと述べたに過ぎなかった。

中山らの追及は当然忠治に向けられたが、なにしろ忠治が口が利けないために十両の出所は厳しく追及できなかった。それにも増して忠治一家の残党と関わりの者を捕まえることに日々追いまくられていた。

忠治捕縛からおよそひと月、上州での取り調べと捕縛は九月の下旬にようやく目処《めど》がたった。

その間、江戸からは、

「忠治と主だった子分どもを江戸送りにせよ」

というやんやの督促《とくそく》が中山誠一郎の元へ届けられた。

だが、中山らは江戸の督促を無視し、縄張り内での忠治の調べと手下どもの捕縛に専念した。

夏目影二郎は中山、関の両名の関東取締出役の要望を受け入れて、忠治を伊勢崎藩酒井《さかい》家の寄場、中島牢に預けるのに同行した。それには菱沼喜十郎とおこまが従った。

伊勢崎藩では中島牢に忠治が入ったというので、

「わが藩から江戸へ送り届ける」

との意思を示すために国家老《くにがろう》が中島牢に視察に来た。

対応したのは、中山誠一郎の配下であった。

国家老は関東取締出役の手代より着流しの腰に反りの強い刀を落とし差しにした人物を気にかけた。

「そなたは関東取締出役の配下か」

「いや、こたびの手柄を立てられた中山誠一郎、関畝四郎両名より忠治に付き添ってくれと願われた者に過ぎぬ」

ふーんと鼻で返事をした国家老某が、

「忠治の身柄、伊勢崎藩にて預かることに異存はござらぬな」

と権柄《けんぺい》ずくで宣告した。

「国家老どの、中島牢に忠治を預けたには曰くがござってな、忠治の残党が忠治の身柄を奪還に来る恐れゆえのことじゃ」

「ゆえにわが藩で預かると申しておるのだ」

「そなた、中山、関両人の積年の苦労の結果を横取りいたそうという所存か、ちと虫がよいな」

「なにを言うか。素浪人風情がいかなる資格をもってさような言辞《げんじ》を弄するか」

と国家老が息巻いた。

「夏目影二郎、父は先の大目付常磐秀信。いささか極秘の事情があってな、羽倉外記どのの命により中山、関両名の願いを受け入れたのだ」

国家老が影二郎の名乗りにごくりと音を立てて、唾を呑み込んだ。

「夏目影二郎とな、十何年も前、八州廻りを始末されて上州一円を歩かれた八州狩りの夏目どのか」

「さような名で呼ばれたこともある。国家老どの、こたびは中島牢を数日伊勢崎藩が提供したということで納得されよ。よいな」

影二郎に睨まれた国家老とその配下の者は、伊勢崎藩中島牢から早々に引き揚げた。

忠治の身柄はわずか数日中島の寄場牢に預けられただけで、例幣使街道の木崎宿に中山誠一郎らが用意した仮牢に押し込められた。

この木崎宿は、道案内の左三郎と馬太郎の住まいするところでもあったが、忠治捕縛の前後、中山誠一郎らもこの木崎宿を本拠地に動いていた。

中山、関の両名はなんとしても忠治を目の届く場所においておきたかったのだ。捕縛された直後こそ、忠治は落胆と失意に打ちのめされてろくろく口も利けなかった。だが、中山らに格別に許されて面倒を見ることになった妾の町やおこまの介護にだんだんと落ち着きを取り戻していった。

それは傍らに影二郎が従っているということも作用していた。

体の具合がよさそうな折り、影二郎が箱根の湯にいっしょに入った話を持ち出すと、顔を歪めて笑みを浮かべたりした。また、時に、

「だ、だんな、く、くさつでもゆに」

「入ったな。あの折りは若菜もいっしょだった」

「あーあ」

「八州廻りが突然湯に入ってきたので、そなたは、素っぱだかで湯殿の梁に跳びついて、隠れたな。若菜が目のやり場に困っていた」

影二郎の言葉に珍しくも忠治が小さな笑い声を上げた。

その場に偶然、中山誠一郎が姿を見せた。

「夏目様と忠治は、われらが考えた以上に親しい付き合いをしていたのでございますな」

「親しいかどうかは知らぬ。忠治がそれがしを待ち受ける折りは、いつも湯であった。ゆえに裸の付き合いであったことは確かだ」

「夏目様、もしその折り、われらに忠治の動きを話してくだされればかような苦労はせずに済みましたぞ」

「中山どの、それがしがそなたらに密告したところで忠治は捕まらなかったわ。忠治を捕まえるには、時節というものがあったということよ。忠治の運が尽きるまで待たねばならなかった。十六年の苦労を江戸はなにも知らぬ、いちばん承知なのは、この忠治かもしれぬ」

影二郎の言葉に中山が苦笑いし、

「われらは、忠治を捕まえるために夏目影二郎様のあとを幾たび追いかけたことでござろうか。その都度、逃げられ申した」

「念願叶ったのだ、よしとせよ。あとはな、中山どの、そなたと関どのの手柄を江戸に高く売りつけることだ」

「われら、代官の手代に逆戻りするのが関の山にございましょう。夏目様にわれら、首を斬られなかったのがただひとつの幸運にござろうか」

「天保の改革の立役者の水野忠邦様も隠居させられた。老中首座の威光を盾に威張りくさっていた鳥居耀蔵も四国だかどこかの藩に永《なが》のお預けとなった、栄耀栄《えいようえい》華《が》もうたかたの間のことだ。忠治が上州盗区に威勢を張ったのも、わずか一時であった」

影二郎の言葉に忠治の顎が緩慢に動いて賛意を示した。

「だがな、忠治、おまえが行ったことは、おまえの死のあとも代々伝えられていく、そのような気がする」

「な、なにがだ」

「神君家康様が興した徳川幕府をおまえが倒したということだよ」

忠治の目が影二郎を見、中山の顔が硬直した。

「ほ、ほんとか」

「素浪人の託宣《たくせん》だ、当たるも八卦《はっけ》当たらぬも八卦だ。保証はしないが、それがしはそう考える」

「ば、ばくふがきえるのは、い、いつのことだ」

「そうだな、おまえが死んで十年内か」

「め、めいどのみやげになった」

と忠治が満足げに言い、中山が、

「夏目様のように好き放題口にできるとよいのですがな」

と恨めしそうに言った。

「中山どの、忠治のやったことが後世に伝えられるということは、中山誠一郎、関畝四郎のふたりの名も幕府が消えたあとも残るということだ」

「われらの名が後世に残るのは忠治のお蔭ですか。われらのやったことは一体全体なんでございましたので」

「そなたらは役目を果たしたのだ。江戸城中で詮《せん》なきことを吐《ぬ》かしおる幕閣のだれよりも忠実に役目を果たしたのだ。それ以上の功があるか」

中山誠一郎が涎を垂らす忠治に視線を向けた。

嘉永三年九月二十八日、忠治はいよいよ江戸送りになるために伊勢崎を出立した。

捕縛からおよそひと月、伊勢崎藩の中島牢、木崎宿の旅籠、ふたたび中島牢に、最後には玉村《たまむら》宿へとたらい回しされて、忠治は次々に移動させられた。

その間、表向きには関畝四郎が忠治に同行し、陰では夏目影二郎、菱沼父子が随身《ずいじん》していた。玉村宿で取り調べられたのは忠治の他に、妾の町、子分の清五郎、八寸の七兵衛、次郎右衛門こと重兵衛、田部井村の名主宇右衛門、世良田村の名主幸助、五目牛村の菊池徳で、各旅籠にばらばらに収容されて、名を挙げた全員が江戸送りになった。

伊勢崎を出立する前夜、影二郎は忠治に、

「別れじゃ」

と枕元に酒を用意し、盃に注いだ酒に指を浸して忠治の涎の垂れ続ける口に嘗めさせた。

忠治が影二郎の指をちゅうちゅうと吸い、

「こ、これでおもいのこすことはねえ」

「忠治、これからがおめえの正念場《しようねんば》だぜ」

「し、しぬだけだ」

「いや、違う。江戸での吟味が待っておる。おまえの名が後世に伝わるかどうか、ここいちばんの大勝負よ」

「な、なにをすればいい」

「話すことだ、洗いざらいな」

「お、おれだけですまないぜ」

「処刑される者がおまえの他に出るというか。それでも話すのだ。おまえがなぜ上州の人々に支えられ、おまえが上州を助け、上州一円に縄張りを持ちえたか話すのだ」

「ど、どうなるよ」

「いつかも言ったな。幕府が倒れるのさ」

「……」

「それでも人々の暮らしは続かねばなるまい。新しい幕府の下でな。そのとき、おまえがやった悪さの数々が意味を持ってくる。だから、胸の中に貯めた話を回らぬ舌で喋るのだ」

忠治はしばし沈黙していた。

影二郎が指を酒に浸してふたたび嘗めさせた。

「また会おう、忠治」

「えどにもどるか」

「いや、おれは上州に残る」

「な、なぜだ」

「そのほうがおまえにふたたび会えるような気がするのだ」

「じ、じょうしゅうでなつめのだんなとあえるか」

「ああ、一時の別れだ」

翌日、影二郎は忠治の江戸送りを見送らなかった。利根川河原の間々田のそね婆の流れ宿の囲炉裏端に独りいた。


珍しく流れ宿に客はいなかった。

このひと月、影二郎は父の常磐秀信に宛てて頻繁に文を書き送った。これまでも始末旅で父へ連絡《つなぎ》は入れていたが、かように頻繁に文を書き送ったことはなかった。父のへそくりが上州を動かし、忠治が捕縛されたのだ。父には知らせる義理があると考えてのことだ。その内容は、忠治と交わした他愛《たわい》もない思い出話だ。だが、見方によっては、これまで幕府がつかみ切れなかった上州の状況や忠治の考えや動きが含まれていた。

「夏目の旦那、親分一行は利根川を渡ったかねえ」

「まだだな。今宵は玉村宿泊まりだ」

「菱沼の旦那やおこまさんも江戸まで同行するだか」

「忠治を奪い返すなどという流言蜚語が飛び交っておる。中山や関も気苦労の絶えぬことよ」

「病の親分を奪ってどうするだ」

「なんの役にも立つものか。またそんな気概を持った者は、もはや上州にはおるまい。だが、中山らはそれが埒もない噂でも対応せねばならぬ。江戸送りにまた金子がかかることよ。ということは上州の懐が痛むということだ」

「夏目の旦那は、なぜ手伝わない」

「なぜかのう。それがしが江戸に同道したら父上にも迷惑がかかりそうな気がいたす。それにこの上州に残って、忠治の最期を見届けたいのだ」

「親分は江戸から生きて戻ってくるだか」

「死罪は決まっていよう。江戸が国定忠治の処刑をどこで為すか、それを見定めて動いても遅くはあるまい」

と答えたところに流れ宿の戸が開かれた。

「この家に夏目影二郎様ってお方はいるだか、お婆」

「ああ、囲炉裏端でくすぶっておるのが夏目の旦那だ」

流れ宿に入ってきたのは飛脚だった。

「江戸から文だな。うーん、常磐なんとか様からだ」

「父からの書状じゃ、造作をかけた」

影二郎は書状を受け取ると、封書を披《ひら》いた。黙読する影二郎に、そね婆が、

「親父様はそろそろ江戸に戻れと言ってきただか」

「そうではない。都合のよいことを申されておるわ」

「親じゃもの、倅に無理言うのは当たり前だ」

「せっかく隠居をしたというに、それがしが文に認《したた》めたことを老中松平忠優《まつだいらただます》様に申し上げたとか、するとな、松平様がこたびの忠治とその一統の吟味で、公事方勘定奉行池田播磨守頼方《いけだはりまのかみよりかた》様の後見をせよと命じられたとか、盆栽いじりをしておればよいものを、また城中で厄介事を引き受けるおつもりじゃ」

「なに、親分のお裁きを夏目の旦那の親父様がやるだかね」

「吟味はあくまで池田様だ。池田様も先任の勘定奉行に後見されては、十分に差配ができまい」

と池田に同情した。

影二郎の頭には、父親の秀信の迷いと義母鈴女の唆《けしか》ける様子が浮かんだ。そして、江戸に戻らずと決めたことが正しい判断であったと考えていた。

「退屈しないだか。流れ宿にいて婆の面《つら》ばかり見ておるのがよ」

「いささか飽きたな。どうしたものか」

と正直な気持ちを告げながら、

(日光に参り、みよの宿にでも投宿して時を過ごすか)

と考えた。

「夏目の旦那、おまえさまは木崎節というのを承知か」

「木崎節じゃと、知らぬな」

「八木《やぎ》宿で流行ったで八木節という者もあるがよ、この界隈じゃ木崎宿で歌われるだで、木崎節と呼ぶ者もあったりよ、伊勢崎藩内の中島村で最初に歌われたという者もあってな、正直、どこが始まりだか分からねえだ」

「それがどうした」

「倅の富蔵たちがよ、忠治親分のよ、生き様死に様の忠治くどきをよ、木崎節にできめえかと、今算段しておるだよ。退屈なれば、見物に行かねえか」

「富蔵はどこで稽古をしておるな」

「ここから、二里ばかり上流のよ、広瀬川《ひろせがわ》に流れ込む小川のほとりにある能満寺《のうまんじ》の境内だ」

「することもなし、出かけてみるか。富蔵に会うたら、日光に足を延ばす。忠治の裁きが決まるのはまだ先のことだ。父からあれこれ言いつけられてもかなわぬ。日光あたりでしばし命の洗濯をしてこよう」

影二郎は、一文字笠に南蛮外衣を左肩にかけて法城寺佐常を腰に落とし差しにして、流れ宿を出た。

もはや利根川右岸は馴染みの地だ。ゆったりとした足の運びで上流を目指すと、利根川と広瀬川が合流する地点に出た。

影二郎は、広瀬川の右岸をさらに一里ばかり上がると、北側から小川が流れ込んでいた。

小川の土手は薄《すすき》の穂が群生し、風に揺れて銀色に輝いていた。

童《わらべ》たちが薄の穂で輪を作って遊んでいた。

「この界隈に能満寺はないか」

「お侍、なにしにいくだ」

と九つばかりの娘が影二郎の風体を見定めるように睨んだ。

「船頭の富蔵を訪ねていくのだ」

「うちの父ちゃんになんのようだ」

「そなた、流れ宿のそね婆の孫娘か」

「婆ちゃんを知っておるだか」

「ああ、宿に厄介になっておる」

「江戸から来た侍はおめえだな」

「富蔵が話したか。いかにもさようだ」

「よし、われが連れていくだ」

娘が薄の穂で作った輪を頭に飾ると案内に立った。

二

富蔵らが太鼓、鉦《かね》、竹笛なんぞの囃子方《はやしかた》を加えて、木崎節に乗せた忠治くどきなる「国定忠治一代記」を思案する寺の境内を訪ねて、しばしその様子を見物した。

ひと息ついたところで富蔵が、

「夏目の旦那、素人芸を見物か、まだかたちになってないだよ。忠治くどきが節になり、歌ができるにはあとひと月二月《ふたつき》かかろうな」

と笑った。

影二郎は、出だしの、

「ハァーまたも出ました三角野郎が、四角四面の櫓《やぐら》の上で、音頭とるとはお恐れながら、国の訛《なま》りや言葉のちげえはお許しなされば、オオイサネー」

が意味不明のところが気にいった。それに囃子方の景気のよさが上州らしくていいと思った。

「富蔵、しっかりと『国定忠治一代記』を仕上げるのじゃ、忠治が何者であったか、後世に歌で語り継がれるようにな」

「忠治くどきをどこぞで披露する機会がこようか。ただ今の上州じゃ、わっしらが作り上げたところで役人がお許しになるめえよ」

「そなたらが作った忠治くどきを禁じるというか。愚かなことよ、その折りはそれがしもひと役買おうか」

「そいつは心強いや、八州狩りの旦那がひと役買ってくれるとなるとな」

と富蔵が喜ぶ顔をあとに、

「暇に飽かして日光を訪ねてくる」

「また戻ってくるだね」

「忠治の沙汰が江戸で下される時分には必ず上州に戻っておる」

「夏目の旦那、玉村宿でよ、忠治親分一行は当分足止めだとよ。そう容易くお裁きはできないよ」

「なに、伊勢崎を出たというに玉村宿で足止めか」

影二郎は富蔵らの船頭の情報の確かさを承知していた。

事実、忠治の玉村宿留置は、九月二十八日から十月十五日までの十七日間におよび、玉村宿他二十四か村改革組合村が負わされた忠治一行留置の諸費用は、大変な額に上った。

中山誠一郎、関畝四郎とふたりの道案内の費《つい》えだけで幕府から支払われる日当を差し引いて二十両に達したという。また役人の食事は一汁《じゅう》一菜《さい》と決まっていたが、忠治を捕縛した関東取締出役にそれなりの厚遇をせねばならなかった。そのほかに忠治留置のために動員された二百二十余人の日当と飯代が二十六両と加わった。また玉村宿の大惣代《おおそうだい》渡辺《わたなべ》三《さん》右《え》衛門《もん》が立て替えた中には、

「忠次郎差立《さしたて》駕籠縄一式」

があった。つまりは特製の唐丸籠《とうまるかご》代の費用も負担させられた。

一代の手配人国定忠治を江戸送りにするには、それなりの用意と道具立ての必要性を中山や関も考えたのであろう。江戸送りの仕度が大げさになればなるほど、ふたりの手柄はそれだけ評価される仕組みだ。

ともかく、富蔵らの推量を得た影二郎は、日光へ七年ぶりに足を向けた。

数日後、日光裏街道を使った影二郎の姿は、日光の神橋近くの旅籠〈いろは〉の玄関にあった。

以前のようにみよは、影二郎の訪問を快く迎えてくれた。かつて影二郎は、借金の形に妾にされるのを避けるために利根川河原で父親に小舟に乗せられようとしていた少女のみよと会ったのだ。

影二郎は小舟に同乗してみよと上州へと渡った。その折り、影二郎の懐には子犬一匹があった。飼い主が、生まれた子犬四匹を流れで始末しようとしたか、一匹だけが天命を得て生き残ったのだ。

あの渡河《とか》から十四年余の歳月が過ぎていた。

みよは、〈いろは〉の女将に働きぶりと人柄を気に入られ、その倅と所帯を持った。今では日光東照宮の見物客を迎える旅籠の若女将として〈いろは〉を切り盛りしていた。

「夏目様、あかはどうしたの」

そのみよが利根川河原で命を拾った犬のことを案じてくれた。

「みよ、あかは元気だがもはや旅はできない、足腰が弱ったでな。江戸で長屋の連中に可愛がられて隠居暮らしをしておる」

「あかにはもう一度会いたかったよ」

と応じたみよが、

「忠治親分が捕まったというのはほんとうのことだね」

と影二郎に念を押した。

「ああ、ひと月も前に田部井村の名主の屋敷でお縄になった。ただ今、江戸へ送られる道中だ。それがし、上州から日光に足を向けるのもこれが最後と思い、日光詣でに参った。数日、宿を願おう」

「夏目様はわたしの命の恩人です。いつまでも逗留してくださいな」

「そなたとそれがしの知り合い、七里村の名主勢左衛門どのの墓参りをしていこうと思う」

勢左衛門は、家慶が六十七年ぶりに挙行した日光社参の約二年後の、弘化元年（一八四四）に天寿を全うした。

影二郎はその知らせをもらったが、家族に悔やみの書状を出しただけで未だ墓前に参っていなかった。

「勢左衛門様も喜ぶだね」

「みよ、何年も前に死んだ者が喜ぶものか。墓参りなどは生きておるわれらの側の都合だ」

「夏目様の言い方では身も蓋《ふた》もないだね」

とすっかり日光の土地に馴染んだみよが笑った。

影二郎は〈いろは〉を拠点に勢左衛門の墓参りを始め、日光界隈の馴染みの土地や人を訪ねて十数日をのんびりと過ごした。


一方、国定忠治は未だ玉村宿に留置されており、ようやく江戸送りの仕度が整った。この玉村宿には、忠治の妾のひとり、菊池徳も留置されていた。

この折り、徳は咎人の身でありながら、貸金十両を半金の五両とはいえ、取り

戻す挿話を玉村宿に残している。立場の弱い咎人のことだ。貸金など反故《ほご》になるのは当たり前のことだが、鷙悍《しかん》
猛鳥《もうちょう》の気性の上州女は、玉村宿の顔役三人を動かして取り立てたというのだ。

徳のかような行為が認められたのは、関東取締出役の中山と関の暗黙の了解があってのことだ。むろんこの取り立てた五両は、忠治の最期を飾る金子に使われることを前提としたものだった。

十月十二日、調べも一段落したとして中山誠一郎が江戸へと先行し、三日後の十五日にようやく調書きの口書《くちがき》が出来上がった。これで関八州の事件を取り扱う江戸の勘定奉行への送致が可能になった。

口書作成とは別に、忠治の乗る特別誂《あつら》えの唐丸籠の仕度が整った。さらには忠治の身仕度は小袖五枚で、すべて上州誂えの上絹物御召縮緬《おめしちりめん》でできたもの、さらに唐丸籠の座布団も御召縮緬造りで五つ重ねが整えられた。

米作には不向きな土地に換金作物をもたらした養蚕の産物、絹繁盛の国上州の、「意地と見栄」

であったろう。

この折り、徳も襦袢《じゆばん》を、町も単衣《ひとえ》の下着を新調したという。

もはや忠治自身には、かような仕度をする余裕はなかった。だから、徳が江戸者に見せるため、上州人の意地を発揮して集めた金子であったといってよい。また蝮の幸助、大前田英五郎の手を経て重兵衛に渡された常磐秀信のへそくり金がここに加わっていた。この身仕度は、中山誠一郎と関畝四郎の手柄を飾る道具立てでもあったのだ。

国定忠治は並の罪人であってはならなかった。上州を代表する、

「男の粋」

であらねばならなかった。忠治を捕縛した関東取締出役も忠治を迎える江戸幕府もそう考えが合致していたからこそ許されたことだった。

玉村宿出立に際して、忠治の懐には七十五両の所持金があった。

忠治はその中から十両ずつを徳と町のふたりの妾に、子分らに五両を分け与えている。そのほかに道案内などの費えとして同行の関畝四郎に二十九両を差し出したという。

忠治の手元に二十一両が残った。この金子が小伝馬町入牢《じゆろう》の費えとなる金蔓《つる》であった。牢内でなによりも金が幅を利かせることを忠治は承知していた。

玉村宿の忠治出立を大勢の見物人が見送ったが、そんな中に菱沼喜十郎とおこ

まの親子の姿があった。

留置されていた三河屋喜蔵《みかわやきぞう》方から唐丸籠に乗せられて出てきた忠治は、御召縮緬の小袖を重ね着して、これも五つ重ねの御召縮緬の座布団に中気の体でせいぜい胸を張って座していた。その痛々しい姿を見た父親の顔が苦々しく変わるのをおこまは見た。

「父上、だれもの思惑が一致した末の親分の恰好でございますよ。忠治親分の意思だけでは、もはやどうにもならないことを父上もご存じにございましょう」

「影二郎様は、このことが分かっていたゆえに江戸への同行を拒まれたか」

「かもしれませぬ。米もできなかった上州が江戸に見せる晴れ舞台が忠治親分の飾り立てた唐丸籠の江戸入りにございます」

「江戸十里四方追放を七年で終えた七代目の市川團十郎《いちかわだんじゆうろう》あたりに演じさせれば、似合いそうな役じゃな」

「演題は、『江戸道中忠治意地見せ場』でございましょうか。團十郎丈《じよう》なればあたり狂言になされましょう。されど、市川宗家が上州人を演じましょうか」

「演《や》るまいな」

三河屋の前でいったん止まった唐丸籠がゆらりと持ち上げられ、江戸へとよう

やく本式に出立した。すると見物人から、

「忠治親分、お達者で」

とか、

「上州の威勢と意地を江戸で見せてくんな」

などと大声が上がって見送った。

十月十五日に玉村宿を出た忠治一行は、倉賀野《くらがの》から中山道に出た。忠治は見物人が大勢のところでは、唐丸籠の中から銭をつかんで撒きながら江戸に向かったという。そして、四日後の十九日に小伝馬町の牢屋敷に到着し、忠治は独りだけ「二間半」牢に入った。

その後、勘定奉行池田播磨守頼方の調べが始まった。池田の調べは中山誠一郎と関畝四郎が作成した口書を元に問い質すことであった。

表には顔を見せることはなかったが、常磐秀信が池田の相談役として時折り知恵を貸した。その判断は、上州にいる影二郎の報告が元になっていた。

忠治ひとりの取り調べではない。忠治捕縛のあとに捕まった関わりの者、二十一名の調べである。そう容易くことは進まなかった。

だが、十一月に入って老中の裁定を得て、池田から刑が下された。

国定忠治　　磔《はりつけ》
清五郎（子分）　遠島
重兵衛（子分）　中追放
菊池徳　　押込《おしこめ》
町　　押込
宇右衛門（田部井村名主）　死罪
幸助（世良田村名主）　過料銭五貫文
左三郎（木崎宿道案内）　軽追放
馬太郎（木崎宿道案内）　江戸十里四方追放

主だった者の刑罰であった。

忠治の他に死罪は、忠治を匿っていた田部井村の名主の宇右衛門に下された。宇右衛門には厳しい結果であった。

十二月朔日《ついたち》、仕置の伺書が老中から勘定奉行池田頼方に返付され、忠治の磔刑《たっけい》

が本決まりになった。池田頼方は、関東取締出役吉岡静助《よしおかせいすけ》に宛てて、

〈此度忠治の磔が大戸関所近辺で決まり候。刑執行の仕度万端整い次第に岩鼻《いわはな》代官林部善太左衛門《はやしべぜんたざえもん》に忠治の身柄を引き渡すべく候。大戸までの警備遺漏なきようくれぐれも申し付け候〉

との一文を送っていた。さらに処刑に際しての検使に岩鼻代官林部の手代秋《あき》汲平《きゅうへい》、秋葉竪次郎《あきばたてじろう》が任命された。

関東取締出役は、配下の道案内、手先などを総動員して警備に当たらせることになった。

幕府が国定忠治の所業の中でいちばん重く見たのは、

「除け山越《よけやまこし》」

であった。

具体的には大戸の関所破りだが、箱根の関所とは異なり、大戸の関所はふだんから抜け道、通り放題の関所であった。だが、鉄砲を携帯し、大戸の関所を破った行状を、

「幕府への挑戦」

と考えた節があった。ゆえにわざわざ忠治を大戸の関所まで連れ戻し、この場

で処刑することになった。生身の者の磔《はりつけ》は、寛永十四年（一六三七）にあったきりで、二百年以上も大戸の関所での処刑はなかったにもかかわらず、この地を幕府は磔刑の地にわざわざ選んだのだ。

江戸での獄門ではなく、大戸の関所に特別の磔刑場所を設《しつら》えて忠治の刑を執行するのは、忠治をただの博徒として処断せず、

「幕府破壊工作者」

として断じる意味があり、世間の評価をその方向に向かわせたかったからではないか。

だが、幕府の読みは一部あたり、一部は外れた。

幕府が忠治を破壊工作者・テロリストと広言すればするほど、羽倉外記が後年『赤城録』に表現したように、

「劇盗忠治」

と世間の忠治への評判は高まり、その行動は支持され、忠治は、

「民衆の味方」

と考えられたからだ。

ともあれ、江戸からふたたび忠治は上州に戻され、大戸の関所で磔刑になることが決まった。

唐丸籠の忠治ひとりを大戸へと連行する幕府一行の行列はなんとも仰々《ぎょうぎょう》しい。検使の岩鼻代官林部善太左衛門手代秋汲平以下五名、警護役、秋葉竪次郎以下十二名、関東取締出役渡辺園十郎《わたなべえんじゅうろう》、吉岡静助、関畝四郎、安原寿作四名以下十六名、さらに関八州から動員された道案内五十名、さらに行列を浅草弾左衛門支配下の帯刀《たいとう》、棒付《ぼうつき》百名がつづいた。

だが、菱沼喜十郎とおこまの親子はもはや忠治の、

「凱旋《がいせん》行列」

に加わることはなかった。

その代わり、ひそかに坊主姿の蝮の幸助が忠治一行のあとになり先になりして歩いていた。

浅草弾左衛門自らも忠治の処刑を指揮するために加わっていた。処刑を直接下す弾左衛門にとっても国定忠治の磔刑は、

「ハレの大舞台」

であった。

ふだん弾左衛門と一統が世間の注目を集めるということはない。ゆえに夏目影二郎の出立の前に、

「影二郎どの、忠治が捕縛された折りには、われらに忠治処刑の命が下るのは確かなことにございます。影二郎どのが上州におられるならば、私どもとあちらで会うことになりましょう」

「それがし、そのことを失念しておった。そうであった、仕置きは弾左衛門様方の使役のひとつでござったな」

「私の推測では忠治の処刑は、江戸ではのうて上州の然るべき場所かと存じます。その折りは、この私めが直に陣頭指揮をする心づもりでございます」

と約定した。そして幕府の命は、弾左衛門の推測どおり、上州の大戸の関所と定まった。

そのことが幕府から告げ知らされた折り、弾左衛門は早々に配下の者に中山道を走らせ、処刑場所の下見をさせ、また忠治の警護方として鳶口《とびくち》を携帯させた百五十人で唐丸籠を囲ませていた。

そのような大仰な忠治引き渡しの行列の主人公はといえば、中気とも思えず、

「丈六尺余と高く色白く、鼻筋とおり、月代濃く、太り気味（目方二十貫余有

之）」

と道案内として忠治の最期まで見届けた岩槻宿の嘉十郎が記している。またその恰好《なり》は、

「浅黄無垢《あさぎむく》二つ、同襦袢一つ、同太き丸くけ帯、紅之布団一つ、白無垢一つ、同手甲脚絆《てつこうきやはん》、唐更紗《からさらさ》布団二つ、大きなる数珠」

であった。

警護の面々が仰々しければ、また唐丸籠の中の主人公の身なりもその仰々しさに応じた派手なものといえた。

中気で口も利けず、涎が常に口の端から垂れていた忠治は、一世一代の舞台に向けて、気力を取り戻したのか。それとも中山誠一郎らが江戸の調べに耐えられるように医師をつけて必死の治療を続けた結果か。それにしても二十貫（約七十五キロ）もの体重に回復するなどあるものか。

幕府が政治ショーに相応しい人物であるように忠治の願いをすべて受け入れた結果なのか。

忠治の行列は中山道を外れて草津街道に入ってきた。

雪がちらちらと舞い、また止んだ。

信州との国境は冬の真っただ中にあった。

三

夏目影二郎は、一文字笠を被り南蛮外衣をしっかりと身に纏ってこの行列を草津街道倉淵《くらぶち》村はずれで待ち受けていた。

遠くから行列がやってきた。

寒い日だった。最前止んだ雪がまたちらちらと舞い始めた。

影二郎は行列の中ほどに警護方に囲まれた唐丸籠を遠目に見た。

特製の唐丸籠は、竹の編目の数を少なくし、粗《あら》くして、その上に青網がかけてあった。街道筋の見物人が劇盗国定忠治をよく見物できるように、

「配慮」

がなされていたのだ。

行列が近づいてきた。

唐丸籠の底一尺（約三十センチ）ばかりを緋毛氈《ひもうせん》でぐるりと巻き、紅白の縮緬の布団を五枚重ねて忠治が堂々と座していた。そして、雪が舞う中に白縮緬の下

着に白綸子を重ね着して丸くけ帯を前で結び、首には大きな数珠をかけた忠治がいた。

死出装束のつもりか、なんともご大層な恰好であった。

この恰好に仕度させたのは妾の徳というが、そのようなことができたのか。

江戸を離れる際、忠治は、徳と町のふたりの妾と板橋宿で最後の別れを為したという。ふたりの妾ともに押込《おしこめ》と決まった咎人であった。それが板橋宿での対面を為したという噂が行列に先行して中山道の宿場に伝わっていた。

このことが真実とするならば、もはや罪状の決まった咎人への江戸幕府の融通《ゆうずう》無碍《むげ》なる計らいか、あるいは慈悲か。ともあれ忠治を稀代の大悪党に仕立て上げようとする幕府の気持ちが垣間見えるではないか。

影二郎の前に粛々と行列の先導方が差しかかった。さすがに草津街道に入った山間《やまあい》の道、影二郎の立つ村はずれには他に見物人はいなかった。

忠治の処刑の場所は、草津街道が倉淵村から大戸関所に向かうところの山間が予定されていた。大戸関所の半里ばかり倉淵村寄り、畔宇治《くろうじ》神社近くに仕度されていた。

刑場造りと磔刑の執行は、勘定奉行の管轄にはない。

浅草弾左衛門の指揮下、非人頭《ひにんがしら》の車善七《くるまぜんしち》の権限で執行した。それが江戸幕府での仕来《しきた》りであった。

十一月晦日《みそか》には岩鼻代官林部の手代らによる刑場予定地の見分と決定があり、それを受けて十二月十三日に、

「仕置場」

の設置が命ぜられた。

大戸村のえた小頭《こがしら》惣右衛門《そうえもん》は、弾左衛門の具体的な命を受けて仕度にあたった。さらに十九日から検使方の座所、小屋掛けが始まった。この作業には、車善七支配の鑓《やり》突《つ》きも立ち合い、組合当番の小頭も手伝った。

一方で大戸村の惣右衛門らは、弾左衛門一行手代九人、善七手代七人らの宿泊場所に苦慮した。なにしろ草津街道の山間部の村落だ、関所のある大戸、萩生《はぎう》、本宿《もとじゅく》、須賀尾《すがお》、大柏木《おおかしわぎ》の五か村と同じ改革組合の三島《みしま》村が加わった六か村が江戸からやってくる忠治一行を受け入れねばならないのだ。その費えも莫大なものであった。

おそらく処刑を担当した浅草弾左衛門がえた小頭の惣右衛門らにひそかに金子を与えたのであろう。

この六か村が磔前日の二十日には二百二十二人、磔当日には二百五十八人の警護人足を動員させられた。すべて村民の手弁当であった。

長い行列の中ほどの唐丸籠がはっきりと見えてきた。

影二郎はまるで野地蔵のように微動もせずに立っていた。

その前を粛々と大行列が過ぎていく。その中には関東取締出役、関畝四郎らの姿が見えた。だが、もはや双方は言葉をかけ合うこともなく会釈もしなかった。

弾左衛門と善七の支配下の者たちに取り囲まれた唐丸籠が影二郎の前を通り過ぎていった。するとその警護方からひとり行列を離れて影二郎の傍らに歩み寄ってきた者がいた。

物々しい旅仕度の浅草弾左衛門であった。

両人は行列一行が大戸へと向かって通り過ぎるのを黙って見送った。だれも居なくなった倉淵村外れでふたりだけになったとき、影二郎が弾左衛門に、

「ご苦労に存じます」

と労《ねぎら》いの言葉をかけた。

「徳川様の御世を通じて、いちばんの大見物にございましょうな」

「弾左衛門様、だれが考えられたな」

「私どもの役目は刑場の造成と磔刑の執行にございます」

影二郎の問いを予測していた顔で弾左衛門が答えた。

「笑止千万《しようしせんばん》の猿芝居には、関知なされぬと申されますか」

「幕府のお考えは、影二郎どのがとくとご承知」

「中気に倒れた忠治をどこですり替えられたな」

影二郎の問いは険しかった。

弾左衛門は答えない。無言が影二郎の問いを肯定していた。

「江戸送りの折りの忠治は本物の忠治であったはずじゃ。大戸への復路は馴染みのそれがしに見覚えのない顔であった。偉丈夫《いじようふ》の忠治に差し替えるなど、幕閣の役人どもが考えそうなことだ」

「上州を騒がし、幕府を揺るがした国定忠治は、並の悪党であってはいかぬのでございましょうな」

しばし影二郎が思案した。

「どうやら、江戸に向かった忠治も江戸から大戸へ戻される忠治も偽者であったか。中気に臥《ふ》せったまま、上州を出ずして江戸にて磔刑の沙汰を受け、大戸に送られて、なんとか余命を保たされていた忠治を明日には磔にかけようという算段か」

「弾左衛門様方は、偽物の忠治を頂いて仰々しくも中山道を下ってこられたか」

影二郎の頬に冷笑が浮かんだ。

「私めの推量に過ぎませぬが、この詭計《きけい》にはそなたの父御常磐秀信様も関わっておられるやもしれませんぞ。ともかく幕府としてはなんとしても、忠治が生きて磔になることが大事にございましてな。ついでに申せば国定忠治はふてぶてしくも最期まで堅固《けんご》であらねばならぬのです」

もはや影二郎は答えない。

「ご免」

と声を残した浅草弾左衛門が行列を追っていこうとした。

「待たれよ、弾左衛門様」

弾左衛門が足を止めた。

「明日の処刑は、いくらなんでも偽忠治ではござるまい。本物の忠治にとって一世一代の大芝居にござろう。忠治が胸を張って磔に上がることをそれがしもまた知り合いとして強く望んでおる」

「影二郎どの、最前そなたの前を通り過ぎた忠治の正体はさておいて、鑓突きには、その場次第でひと突きにて命を絶つもよし、明日の忠治次第では何突きも繰り返すもよし、咎人の体の具合に応じて鑓突きするように命じてございます」

「弾左衛門様、ありがたい思し召しだ。ならばそれがしもそなたが指揮する処刑に華を添えたいがよろしいか」

弾左衛門がこの期《ご》に及んでなにを為すか、という訝しい目で影二郎を見た。

「弾左衛門様、そなたらの邪魔をしようというのではない。ただな、忠治への上州人からの暇《いとま》乞いにござる」

しばし沈思した弾左衛門が、

「影二郎どの、楽しみにしております」

と言い残すと行列を追って大戸村へと姿を消した。

影二郎はその姿を見送っていたが、弾左衛門の足跡が雪に残る道を歩き出した。

処刑の前夜、忠治は大戸村の新井屋善治平《あらいやぜんじべい》方に入った。

この世の最期の宿が新井屋だった。そして、忠治が親しくしていた酒醸造の加《か》部安《べやす》こと加部家はすぐ近くだった。先代の当主加部安左衛門兼重《やすざえもんかねしげ》もまた忠治を支えたひとりであった。そのために忠治は、かつて馴染んだ加部安の醸造した酒一椀を所望《しよもう》した。その酒を呑んだ忠治はほろ酔い加減で眠りに落ちると、雷のようないびきが警護方の耳に聞こえてきた。

そのとき、蝮の幸助はいびきの鳴り響く家より二丁ほど離れた百姓家の床下に入り込んでいた。

こちらも緊張の中にも森閑とした空気が家全体を覆っていた。

「い、いばりを」

と小便を願う弱々しい声がして、車善七の配下の者が尿瓶《しびん》を夜具の中に入れた気配がした。そして、礼を述べたのが聞こえたように幸助には思えた。

眠れないのか、不じゆうな体をなんとか動かす微かな気配がいつまでもしていた。その主が眠りに就いたのは、夜半を大きく過ぎた刻限であった。だが、四半刻もせぬうちに目覚めた様子があって、そのあとに微かな呟きのようなものが途切れ途切れに幸助の耳に伝わってきた。

「み、みてはら、楽、なしてはく、苦しき　よのなかに　せ、せましきものは、かけの勝ち負け」

見ては楽、なして苦しき　世の中に　せましきものはかけの諸勝負、とは忠治の辞世《じせい》の思いだった。

不意に坊主姿の蝮の幸助の目から涙が零《こぼ》れてきた。

(親分、あの世で会おうか)

別れの言葉を胸中で吐いたとき、床上が急に忙しくなった。

「忠治、加部の造った酒を呑むか」

「さ、酒はじゅうぶんだ。ち、忠治が酔って、た、磔柱《たっちゅう》に上がったとあっては、お、おれの名折れだ」

忠治の言葉は昨夜よりしっかりと幸助の耳に聞こえた。

(これなれば親分が醜態を見せることもあるめえ)

幸助は床下を這いずると、処刑場へと本物の忠治を連れていく騒ぎに乗じて大戸村の裏道に出た。

草津街道の辻に出てみると、大勢の人々が刑場へと向かっていた。師走《しわす》の草津街道にこれほどの人々がどこにいたかと思うほどの見物人だった。

蝮の幸助も人ごみに紛れて大戸外れの処刑場へと向かった。

本物の忠治と江戸を往復してきた偽の忠治がどこでどうすれ違ったか、処刑の朝、主役が登場した。

二十一日の早朝、仕置場に向かう最後の行列が新井屋で組まれた。ここからは岩鼻の支配代官林部善太左衛門の手を離れ、浅草弾左衛門、車善七の手の者だけが、

「処刑の儀式」

を執り行う。

処刑場の仕置場の竹矢来《たけやらい》には大戸村ら忠治の処刑を受け入れた六か村の各色の幟《のぼり》が立てられて風に翻《ひるがえ》っていた。

行列の先頭を務めるのは、大戸村のえた小頭の惣右衛門、三ノ倉《さんのくら》村の源助《げんすけ》のふたり、つづいて板鼻の助蔵《すけぞう》、半三郎《はんざぶろう》の両名であった。帯刀の弾左衛門、善七らえたが忠治の唐丸籠を囲み、捨て札を掲げた人足が続いた。捨て札には、忠治の悪事行状が長々と認めてあった。

さらに籠の両脇には、帯刀の鑓突きがふたり従い、そのあとに関係した役人や招集された村役人がぞろぞろと続いていった。

仕置場にはすでに竹矢来が組まれ、千五百人余を超えた見物人が忠治の登場を待っていた。

大戸村からの草津街道に、

わあっ！

という喚声が沸いた。

夏目影二郎は、仕置場近くで唐丸籠が来るのを待っていた。だんだんと喚声が仕置場に近づいてきた。

すでに検使の秋汲平と秋葉竪次郎らは、所定の位置に置かれた床几《しょうぎ》に座してそのときを待っていた。

先頭を務める惣右衛門が、

「佐位郡《さいごおり》国定村住人長岡忠次郎到着にございます！」

と声を張り上げたので、見物人からさらに一段と大きな喚声が起こった。

影二郎の前に忠治を乗せた唐丸籠が差しかかった。

その折り、青竹で編まれた籠の中の人物が影二郎の姿を認めた。白無垢の座布団に腰を下ろし、顔を俯《うつむ》かせていた男の青い顔に笑みが浮かんだ。

「忠治、さらばじゃ」

忠治の背がぴしりと伸びた。影二郎の知る忠治がそこにいた。そして、笑みを浮かべると、うなずき返した。そして、口が微かに動かされた。涎とともに無言の言葉が吐き出された。

影二郎には、忠治の無言の言葉が、

「湯にいっしょにもういちど」

と聞こえたように思えた。

忠治と影二郎が会うときはいつも湯船だった。最初の箱根の底倉温泉でも、草津の湯でもいっしょだった。

「ああ、もう一度な、湯に入りたかったな」

と仕置場の中に消えていく唐丸籠の忠治に向かって影二郎は言いかけると、踵《きびす》を返して仕置場をあとにした。

蝮の幸助は、仕置場を見下ろす山の斜面に独りいた。

親分がいない上州を思うと、胸の中に空っ風のような虚ろな風が吹き抜けていく。

(どうすればよいのか)

思いもつかなかった。

南蛮の旦那は、渡世人の足を洗えという、忠治がいなくなったときが潮時だという。江戸に出て、名を変え、浅草寺門前西仲町の甘味処で男衆を務めることができようか。

忠治とその一統の裁きがある間、幸助は品川宿の曖昧宿に寝泊まりして、裁きが下りるのを待っていた。

裁きは忠治が磔刑、そして、忠治を最後に匿っていた田部井村の名主の宇右衛門が死罪。宇右衛門は沙汰が出て忠治が刑に処せられるとすぐに小塚原《こづかっぱら》で首を刎ねられるのだ。

すべては終わった、と自らに幾たび言い聞かせたか、だが、影二郎が訪ねていけと命じた〈あらし山〉には足を向けなかった。

忠治に裁きが下ったあと、蝮の幸助は大戸村へと戻され処刑される親分の一行に従ったが、忠治と目を合わせる勇気がなかった。

目を合わせれば、親分の乗る唐丸籠に縋りつき、泣き出すのを止めようがないと思った。もし、そのような行動を取れば、幸助もお縄になって裁きを受けねばならなかった。

これまで上州を離れて旅をしたことは何度もあった。だが、上州に戻れるからという想いがあるからこそ、忠治親分の命を受けて働けると思えばこそ、生きてこられたのだ。

親分のいない上州を離れ、江戸で暮らしていけるのか。渡世暮らしを続ければ、早晩八州廻りに捕まえられるのは目に見えていた。

ふうっ
と思わず溜息を吐いたとき、仕置場から一段大きな喚声が起こった。

親分の乗る唐丸籠が仕置場の中に入ってきたのだ。

鑓突きの立てた鑓の穂先が折りから榛名山の端から姿を見せた陽光にきらきらと輝いた。

ぶるっ
と幸助は身を震わせた。

(おりゃ、親分と同じ道は全うできねえ)

と思った。

仕置場では唐丸籠から親分が引き出されて、磔柱へ括《くく》りつけられようとしていた。忠治がこの世で最後に身を託すべき柱は、

「長さ二間余、五寸角の栂《つが》」

であった。

仕置場に向かって師走の風が吹き下ろしていった。

忠治はここで加部安が醸造した酒を所望した。

検使方も死に向かう忠治に酒を許した。かねて用意されていた酒が忠治のもとへと届けられ、忠治は中気を患った者とは思えないほど、ぐびりぐびりと酒を呑み干し、

「ありがとうござんした」

としっかりとした声音で礼を述べた。

竹矢来の外にはなんとも大勢の人々が群がり、念仏の声も聞こえてきた。

そんな見物人を、六か村の幟と同色の鉢巻をした村人や帯に念仏を書いた白布を手挟んだ村役人が警戒していた。その鉢巻の色も大戸村は赤、大柏木村は桃色、本宿村は黄色、萩生村は白、須賀尾村は浅黄《あさぎ》、三島村は黒と色分けされていた。

すべてが幕府の威光、儀式であった。

忠治が磔柱に括られて、柱が立てられた。

最期の瞬間が近づいてきた。

蝮の幸助は、思わず目を瞑《つむ》った。

四

磔柱の斜め前方に位置したふたりの鑓突きの穂先が大戸の仕置場の鈍色《にびいろ》の空に突き出されると、穂先が忠治の眼前で、

チャリンチャリンチャリン

と打ち合わされた。

白無垢姿の忠治はせいぜい目ん玉を見開き、眼前で穂先が打ち合わされるのを睨み見た。

忠治は最後の虚勢を見事に張りとおして、渡世一代記の締めくくりを演ずるしかない。恐怖を吹き払って笑顔を作ろうとしたが、中気を病んだ顔は笑みにはならなかった。

仕置場とその周りから音が消えていた。

白いものがちらちらと大戸の谷間に舞い、寒さが募った。

鑓突きが打ち合わせていた穂先を、すいっ、と引いた。

千五百人余の見物人と三百余人の役人衆ら処刑の関わりの者が息を呑んだ。

浅草弾左衛門支配下、非人頭車善七の手先の鑓突きにしても一世一代の鑓突きであった。

大勢の見物人の前で見事な腕前を見せねばならなかった。鑓を見事に忠治の胸から背に刺し貫き、一本で仕留めることなく忠治にどこまで耐えさせるか、そのことが鑓突きに課せられた命であり、見せ所であった。

無言裡に力をためて、手繰り寄せていた鑓の柄を、
えいっ
とばかりに突き出した。

穂先は見事に胸脇から心臓を掠めて、背中に抜けた。

異様な静寂が破れて、思わず吐き出した見物人の息が重なった。

忠治は体に突き刺さった鑓の痛みを耐えて両目を見開いていようと努めた。だが、全身に走る激痛と恐怖に顔が歪《ゆが》むのが分かった。気が遠くなり、意識が薄れていく。

その瞬間のことだ。

仕置場の磔柱を見下ろす山の斜面から太鼓、鉦、笛の調べが響き渡った。

検使方がその囃子の音に気付き、支配下の者を走らせて取り押さえるよう下知

しようとした。

そのとき、囃子の響く斜面に一輪の花が咲いた。

山の斜面に猩々緋と黒が織りなす大輪の花が咲いた、南蛮外衣が生み出した花であった。

鏜突きが弾左衛門の顔をちらりと見た。弾左衛門の顔は鏜突きを続けよと命じていた。

一方、検使方らは、

（八州狩りの夏目影二郎がなにを）

と思ったとき、川船頭の富蔵のよく通る声が忠治くどきを歌い出した。

「ハアー、こたびめずらしきお仕置話、国をくわしく尋ね聞けば、上州佐位郡、音に聞こえし国定村よ、親は与五左衛門《よござえもん》という百姓にて地面屋敷相応なものでござる。いちばん息子の忠治というて、体大きく力自慢は村でも一、二。

上州この地でお国自慢は数々ござる。後の世までもその名を残す、男忠治のその生い立ちを、不弁ながらも読み上げまするが、オオイサネー」

大戸の仕置場に風に乗って富蔵の声が届き、見物の衆が思わず沸いた。そして、その歌声に合わせて太鼓、鉦、笛が囃子方をにぎやかに務め、南蛮外衣が宙に舞った。

鐺突きは粛々と続いていた。

検使方一同も忠治の一代記に思わず聞き惚れた。

なにより忠治の耳に届いた己の一代記、のちに忠治くどきと呼ばれ、八木節にもつながっていくことになる富蔵の声に忠治の気持ちがしゃきっとした。

エイヤー
ふたり目の鐺突きが二本目を突き刺した。

忠治の痛みが高揚感へと変わっていこうとしていた。

「ハァー、人に優れし剣術なれば、親はみかぎりぜひないことと、近所合壁《がっぺき》親類縁者に相談いたし、地頭役所にお届けなさる。殿の威光で無宿になりて、関八州に忠治の名をとどろかす、聞くもおそろし悪党にござる、ヤンレヤー」

忠治の青白い顔が紅潮して、にたりと笑った。

二本鐺が抜かれ、三本鐺が突かれた。

「ハァー、一の子分が日光無宿、両刀遣いの円蔵というて、二番子分は甲州無宿甲斐しんとて日の出の男、それに続いて朝おき源五、またも名高き坂東安二、これが忠治の数多の子分のうちで四天王と呼ばれし男、ヤンレヤー」

忠治は耐えていた。

もはや何本の鑓が体を突き抜けたか、意識は朦朧《もうろう》としながらも歌声が忠治の興奮を掻き立てていた。そして、虚空に舞う南蛮外衣の花が忠治を鼓舞《こぶ》していた。

(南蛮の旦那よ、あの世の土産にこれ以上の餞別はないぜ)

と忠治の顔に笑みが浮かんだ。

「ハァー、鉄砲かついで長脇差で、種子島へと火縄をつけて、三ッ木山にて捕り手に向かう。命かぎりの働きなれど、忠治に従う妾のお町、あとにつづいて女房のお鶴、どれも劣らぬ器量の女子、髪は乱れて長刀かまえ、今をかぎりと戦うなれど、子分四人五人と召し捕まって、いまは忠治も孤軍奮闘甲斐もなく、こりゃたまらじと危なけれども覚悟をさだめ、越後信濃の除け山越と、いずこともなく逃げよとすれど、あとに従うふたりの女、命かぎりに逃げ行くほどに、ヤンレーヤ、オオイサネー」

富蔵の即興と思える忠治くどきは大戸の仕置場じゅうを魅了していた。

忠治はその歌声をかすれゆく意識の中で刻みつけながら、死へと確実に近づいていた。

「ハァー、こんど忠治の逃げ行く先は、国はいずこと尋ねて聞けば、これも盗区の上州なれど、赤城山とて高山にござる。駒もかよわぬうぐいす谷の、野田の林にこもりて住めば、またも役人ふしぎなことと、手先手先をお集めなされ、悪党忠治を召し捕らえんとつまりつまりと番小屋かける、ヤンレーヤ」

太鼓と鉦と笛の調子が変わった。

勇壮《ゆうそう》な囃子方が緩やかに弱くなり、それだけに聞く人々の耳に入り込んでいった。川船頭の富蔵の節とも歌ともつかぬ即興語りの忠治くどきは時に調子を上げ、時に調子を下げて続いていた。

「ハァー、感じいったる若親分は、今は日の出に魔がさしたるか、二十五歳の厄年なれば、すべて万事に大事をとれど、ちょうどそのころ、無宿の頭、音に聞こえた島村伊三郎《いさぶ》、彼と争うその始まりは、

ハァー、かすり場につき三度四度と、恥を掻いたが遺恨のもとで、そこで忠治は小首をかしげ、さらばこれから喧嘩の仕度、いずれ頼むはつわ者ばかり、時節は午年七月二日、鎖かたびら着込んでいたり、

ハァー、伊三郎親分それとは知らず、五人連れにて馴染みの茶屋で、酒を注がせる銚子の口が、もげて盃みじんに砕け、けうなことよと顔色変えて、虫の知らせかこの世のふしぎ、酒手払ってお茶屋を出れば、いつに変わった胸さわぎ、左

右前後を守護する子分に目くばせして、長脇差の目釘をしめし、小山へかかるや、気性はげしき大親分は、およそ身の丈六尺二寸、音に聞こえし怪力無双、運のつきかや今宵のかぎり、あわれ、命はもくずのこやし、しかもその夜の雨はしんしん、闇を幸いに国定一家は、

ハァー、忠治の大音声《だいおんじよう》で、名乗りかければ伊三郎親分、聞いてにっこり健気なやつら、命知らずの蛆虫《うじむし》めらと、たがいたがいに段平物《だんびら》を、抜いて目さます剣《つるぎ》の光、右に打ち込む左で受ける」

鑓突きは十度を超えていた。

だが、磔柱の忠治は爛々と光らせた目玉を剝き、虚空を睨んでいた。その視線の先に南蛮外衣が舞い、忠治くどきが語りつがれていた。

十二度、十三度、忠治の首ががくりと前に落ちたが、必死に立て直した。

それを見た富蔵の目から滂沱《ぼうだ》と涙が流れだした。

十四度目の鑓突きが構えられた。

「ハァー、上州名物数々あれど、かかあ天下に空っ風、赤城の山も今宵かぎりと、南蛮外衣が花と咲く。とどめを刺すは、男国定忠治の物語、ヤンレーヤ、音頭とるとはお恐れながら、国の訛りや語りの違い、お許しなさればオオイサ

ネー」

と富蔵が歌い収め、鑓突きが、

「これまで」

とばかりに心臓を深々とえぐると、さすがの忠治の首ががくっと前に落ちて、
磔柱にぶら下がった。

影二郎は南蛮外衣を力のかぎりに虚空に回転させると、
ぱあっ
と山の斜面から仕置場に向かって投げた。

雪がちらつく中に猩々緋と黒羅紗の南蛮外衣が最後の花を咲かせて落下していった。

富蔵の声が止み、囃子も消えた。するとどこからともなくすすり泣く声が聞こえてきた。

影二郎は、富蔵と仲間に一礼した。

「旦那、終わりました」

「ああ、終わった」

富蔵と影二郎が言い合い、互いの胸の中を虚《うつ》ろな風が吹き抜けていった。

「おれの無頼旅もこれで仕舞いだ」

と言った影二郎が、

「路銀が十両残った。こいつで忠治と一統の供養をしてくれまいか」

「夏目の旦那、わっしら、坊主じゃねえだ。抹香《まっこう》臭い供養なんぞはできるわけもないべ」

「いや、できる」

「なにをすればいい」

「今語り上げた忠治くどきを盆なんぞに語り継いでくれれば、忠治と一統の供養となろう。それなればできよう」

「それでいいだか」

うなずいた影二郎は富蔵に十両を渡すと、

「さらばじゃ、忠治」

と言いながら仕置場を見た。

忠治の骸が磔柱にあった。もはや、影二郎には、関心なきことだった。

すすり泣く声のもとへと歩み寄った。

坊主姿の蝮の幸助が山の斜面にへたり込んで泣いていた。

「蝮、江戸に戻るぜ」

「江戸にか」

「だれもが死ぬのだ。いつまでも忠治に未練を残すとろくなことにはなるまい」

「どうすればいい」

「人は一生の間に潮時がある。蝮、おれもおまえもたった今がその潮時だ。無頼暮らしは終わったのだ、幸助」

「南蛮の旦那は、南蛮外衣を捨てて無頼暮らしを終えると言うか」

「残るは浅草弾左衛門様に一文字笠を返すだけよ。蝮、おれの供をせえ。江戸に、若菜のもとに戻る」

影二郎の言葉に、幸助がかくかくとうなずき、坊主頭に被っていた破れ笠の紐をほどき、薄墨の衣を脱ぐと捨てた。

坊主頭に手拭いで頬被りをした幸助が、仕置場に向かって合掌した。

嘉永三年（一八五〇）師走二十一日四つ半（午前十一時）時分のことだった。

忠治の骸は二夜三日、仕置場に晒されたのち、骸と磔柱は取り捨てられることになっていた。だが、罪状を記した捨て札は残された。

数日後、忠治の骸が盗まれた。

だが、後日、忠治の首だけが国定村養寿寺に届けられ、忠治の師僧の貞然によって供養され、そのまま秘匿された。

上州の人々が、晒し者にされた忠治の骸を引き取るために車善七の手先に銭をつかませてもらい受けたものと推察された。

文久元年（一八六一）十一月十二日の貞然の墓碑に辞世の句が刻まれている。

「あつかりし　ものを返して　死出の旅」

後年の識者は、「あつかりしもの」は、忠治の首ではないかと推測する。


忠治の処刑から三年後、浦賀にアメリカ東インド艦隊、ペリー提督の指揮する黒船四隻が姿を見せ、幕府を混乱に陥れ、世間を大騒ぎさせることになった。

この騒ぎがきっかけで鎖国策をとり続ける幕府の屋台骨は大きく揺り動かされ、開国を推進する一派と攘夷《じょうい》を唱える大名諸家、さらには朝廷が加わり、尊王《そんのう》攘夷、佐幕守旧《さばくしゅきゅう》派の対立を生むことになる。

安政《あんせい》二年（一八五五）には、江戸を直下型の大地震が見舞い、市中全域が被災した。

日米修好通商条約の締結、大老井伊直弼《いいなおすけ》の暗殺とわずかな年月に徳川幕府を揺るがす事件が続き、慶応《けいおう》三年（一八六七）には、十五代将軍徳川慶喜《よしのぶ》は、朝廷に対し、大政奉還を為し、徳川家が生き残る道を選んだ。忠治の磔刑による死から十七年、徳川の治世《パクス・トクガワーナ》は終わりを告げた。

国定忠治の行動が、神君狩りを、徳川幕府を倒したというのは強引な論法であろう。少なくとも開闢《かいびゃく》から二百五十年以上を経て幕藩体制は硬直化して、政治は機能不全に陥っていた。そのことを忠治があぶり出し、世間に提示したことは確かであろう。

忠治の死から百六十四年後のことだ。

「絹の大衆化」を図ったとして、日本が世界文化遺産に推薦していた「富岡製糸場と絹産業遺産群」について、国連教育・科学・文化機関（ユネスコ）の世界遺産委員会は、世界遺産登録を決めた。

米作に不向きな上州（群馬県）は、江戸時代後期に養蚕を受け入れ、換金手段を手に入れた。

上州は貧しさゆえに、
「絹繁盛」
を手にしたというのもまた言い過ぎであろうか。

養蚕は織物、染色技術を上州にもたらし、市場経済を成立させた。ために男は博奕に走り、女たちはその男たちの遊び心を助けてきた。

国定忠治は、上州の風土が生んだ必然の人物であった。

忠治の処刑から二十二年後、絹繁盛の上州を受けて明治政府は、模範器械製糸場を明治五年（一八七二）に群馬県富岡に設立した。上州の絹産業は、日本の近代化に大きく貢献することになった。

繰り返しになるが、上州の貧しさが養蚕を生み、明治維新の近代化にひと役買ったとするならば、
「絹繁盛」
の盗区で活躍した国定忠治も世間になにがしかの役に立ったということではないか。

話を物語に戻す。

影二郎は、忠治の三回忌を浅草寺門前西仲町の甘味処〈あらし山〉の仏壇に線香を手向けて済ませた。

仏壇には、忠治の遺髪と花が供えられてあった。忠治が捕まり、影二郎が中島牢に会いに行った折り、忠治に不じゆうな口で、

「お、おれの、か、髪を切ってくれ」

と願われ、影二郎が唐かんざしを使って切り取ったものだった。

そのあと、若菜、有三・おびんの夫婦が焼香した。夫婦は今では〈あらし山〉のなくてはならない奉公人になっていた。

影二郎が、この夫婦を富蔵船頭の荷船に乗せて江戸に送り込み、若菜に世話を願ったのだ。夫婦は子どもふたりとともに浅草の暮らしに馴染み、有三は料理人見習い、おびんは女衆として奉公していた。

夫婦ふたりにとって国定忠治は、ただの上州人ではない。それだけに影二郎が三回忌を為してくれたことに感謝していた。

法要を終えた影二郎は、瑛太郎を庭に呼び、剣術の稽古を始めた。前々から若菜は、瑛太郎に剣術の手ほどきをと願っていたが、九歳を前にした師走をもって自ら稽古をつけることにした。

「父上、お願い申します」

と瑛太郎が願い、

「瑛太郎、剣の時代は過ぎ去った。だがな、新しい時代になればなったで、剣を修行することに別の意味が生じてきたような気がいたす。父の修行は生半可ではないぞ、一年ほど手ほどきして初歩を学んだら、お玉が池の玄武館道場に入門の手続きを願う」

「北辰一刀流千葉道場にございますか」

「いかにもさようだ。ただし一年父がそなたの剣筋を見て、だめと思うたら千葉周作先生に願うことはせぬ。それでよいな」

「父上、瑛太郎は夏目瑛二郎の血を引いております。必ずや父上を追い越す剣術家になってみせます」

「瑛太郎、勘違いするでない。父は、剣術家たらんとしたが、剣術家にはなりえなかった。剣術家になりたければ、父の何倍も稽古を続ける覚悟がいる」

「続けます」

「よし、木刀を構えてみよ」

父子の稽古が終わったとき、若菜が茶菓を運んできて、

「私の願いはひとつ叶えられました。あともうひとつ残ってございます」

「なんじゃな」

「もはや殿様の御用はございますまい。長屋暮らしをよして、母子のもとへ戻ってきて下さい」

と気儘《きまま》な長屋暮らしを諫めた。

「若菜、この家でそれがしがなんぞ為すべきことはあろうか」

「ございますとも。瑛太郎を夏目影二郎と同じ剣客に育ててくださいまし」

若菜といっしょに暮らす潮時を影二郎は見失っていた。

二年前、上州から戻ったとき、蝮の幸助が、

「やっぱり堅気の人と同じ屋根の下には住めないや」

と言い出した。そこで影二郎は、浅草三好町の市兵衛長屋に連れていった。

翌日、長屋を訪ねてみると、蝮の幸助の姿は掻き消えていた。

影二郎は幸助の戻りを待って市兵衛長屋でふたたび暮らし始めていた。だが、二年が過ぎ、忠治の三回忌を迎えても幸助が戻る様子はなかった。

「若菜、それがしがこちらに来るということは、老犬のあかもいっしょじゃぞ」

「さようなことは最初から承知のことです」

「父上、瑛太郎があかの面倒を見ます」

と母子に言われて、もはや年貢の納め時だと思った。

そのとき、なぜか、影二郎の脳裏に、

「かかあ天下に空っ風、赤城の山も今宵かぎりと、南蛮外衣が花と咲く」

と富蔵の忠治くどきの文句が響き、蝮の幸助が孤鴉のように上州路を彷徨《さまよ》っている姿が浮かんだ。そして、影二郎は若菜の顔を正視すると、

「相分かった」

と返事をしていた。


（完）

あとがき

『夏目影二郎赦免旅・八州狩り』は、日文文庫として二〇〇〇年四月に出た。だが、二冊まで出た時点で担当編集者が退社し、三作目はならなかった。それから三年後、光文社文庫『八州狩り』として再文庫化され、シリーズも始まった。そして、十四巻目の『奨金狩り』を終えた時点で中断した。

光文社には私のシリーズが二つあり、他社との発刊の数を考えるとそれぞれが一年一作しか刊行できない。諸々考えた末、「吉原裏同心」を優先し、「狩り」シリーズを中断したのだ。

数年前、担当編集者が替わり、「狩り」の完結と見直しが検討されて、三年前にこの作業に着手した。そして、平成二十六年十月刊の十五巻目『神君狩り』を新たに書き足して、「狩り」シリーズを完結させることにした。

日文文庫版『八州狩り』から十四年半の歳月が流れている。

一つのシリーズを完結させるというのはこれほどの長大な歳月と労力が要る。

日文文庫版に赦免旅とあるように、私が意識したのは、「旅」であった。

時代小説の主たる分野であった「股旅《またたび》もの」の復活であった。もはや股旅という言葉自体が死語かもしれない。

股旅とは博徒や遊び人や芸人が旅をして歩くことであり、それを主題にした芝居、小説、映画はかつて数多くあった。

おそらく活字世界では笹沢左保氏の「木枯し紋次郎」シリーズが最後ではなかったか。

なぜ時代小説の主題から股旅ものが消えたか、いつか何人かの編集者と会う機会にこの話題が出たが、「売れないからではないですかね」という、なんともシビアで素っ気ない結論に達したように思う。

私は格別股旅もの渡世もののスタイルに拘《こだ》わったわけではない。だが、「旅する主役」の時代ものがあってもよいかと考えた。ゆえにシリーズタイトルに「旅」の一字を入れたのだろう。

ご存じのように夏目影二郎は博徒でも遊び人でもない。だが、凶状もちの

「侍」であった。

影二郎が旅を始めたとき、幕府開闢《かいびゃく》から二百年以上が過ぎ、すでに政治は機能不全に陥っていた。江戸の後背地の関八州にも一揆や打ちこわしが続き、幕府は恒常的な不況を脱するために「日光社参」という徳川幕府の祖、神君家康の名に縋《すが》る大行事に助けを得ようとした。

影二郎は、実父の常磐秀信《ときわひでのぶ》(老中水野忠邦《みずのただくに》の後ろ盾があったが)の命で関八州に腐敗した関東取締出役、通称八州廻りを始末して歩く旅を始めた。

この八州廻りも幕府の弱体から生まれた取締機構で、身分は代官所の手代などと低いが、八州廻りに持たされていた権限は大きかった。関八州の幕領、大名領に拘《かかわ》らず自由に立ち入ることができた、時に斬り捨て御免の力も与えられていたという。

一方で低い身分ながら大きな力を負わされた八州廻りが腐敗していくのは自明の理であった。広大な関八州を数人の八州廻りで取り締まれるわけもない。道案内と称する地元のやくざが十手持ちになって動くのだから、不正を正すよりも自ら腐敗に染まるほうが早かった。

この一作目の『八州狩り』でこのシリーズの骨格はなった。その後も夏目影二郎は関八州を超えて、南は肥前長崎から北は陸奥国津軽の恐山まで旅することになった。

シリーズが定着していくと、影二郎の旅の節目節目に姿を見せる国定忠治が大きな存在に育っていく。

忠治は十五巻の中にも描写してきたが、八州廻りの道案内、二足の草鞋を履く者ではない。忠治は渡世人に終生拘わった上州人だった。ゆえに「義賊」と上州で崇《あが》められたのだろう。忠治には不本意な呼び名だったように思うが、時代と上州を考えたとき、必然の結果であった。そして、忠治のつなぎ役として蝮《まむし》の幸《こう》助《すけ》が登場し、時に忠治の代弁者、時に物語の狂言回しの役を果たすことになった。

シリーズが十四巻で中断した折り、このシリーズを見直す時間を得られたことは作者にとって実に有意義なことであった。作者自身が無意識裡に書き飛ばしてきた、隠れた主題を突き付けてきたからだ。

となれば最終巻の主人公はだれか、明確であろう。上州と国定忠治が「狩り」シリーズの最後の主題となった。それは最初作者が意図したこととはいささか違った展開ではあった。

とまれ、「狩り」シリーズも「股旅もの」の系譜の一つに加えて頂ければ幸甚と思うしかない。

この中断した十四巻を丹念に読み、矛盾や間違いや人物のぶれや描写を克明に指摘して手助けしてくれたのは、光文社文庫編集部の松岡俊氏であった。

またこの「狩り」シリーズ決定版、全十五巻に「佐伯泰英外伝」と称した佐伯論を熱心に展開してくれたのは毎日新聞論説委員（当時。現在、文芸評論家、聖徳大学特任教授／二〇二三年追記）の重里徹也《しげさとてつや》氏であった。忌憚《きたん》なく申し上げるならば、

「私ごとき小説家に佐伯論はいささか面《おも》はゆい」

ともあれ他者が見た「佐伯泰英」を私自身が楽しませて頂いた。

「狩り」シリーズに新たな光を与え、色を添えてくれた松岡氏と重里氏にただ、

「ありがとうございました」

と述べるほかにない。むろんこの二氏の他に多くの助言者、協力者があった。名をすべて記すわけにはいかないが、感謝の一語しかない。

「月刊佐伯」と言われながら年間十数冊のペースで十五年余書き続けて、結果が

この『神君狩り』でめでたくも「時代小説二百冊目」となった。

その上、かように書き飛ばしてきたシリーズに手を入れる機会を与えられた。

本が売れない時節、なんとも幸せな時代小説文庫書下ろし作家という他にない。

シリーズが完結しても関八州を未だ「蝮の幸助」が彷徨《さまよ》っているようで切なくも哀しい。

平成二十六年盛夏　熱海にて記す。

佐伯泰英

参考資料

『国定忠治の時代』　高橋敏著・平凡社選書
『国定忠次伝』　山田桂三著・煥乎堂
『国定忠治』　高橋敏著・岩波新書

これまでの仕事を振り返る佐伯泰英（東京都内の事務所で）

撮影／水野竜也

佐伯泰英外伝【十五】
忠治は何に捧げられたのか

重里《しげさと》徹也《てつや》
（文芸評論家
聖徳大学特任教授）

時代小説に、かつて実在した人物が登場するのは楽しい。低い視点から、その歴史上の人物に光があてられるからだ。

たとえば、長屋の住人の生活実感。市井の人々の人生観や正義感。浪人の無遠慮な見識。剣豪の独自の死生を見る目。流れ歩く博徒のすれっからしの心。岡っ引きの何でも悪くとる目つき。

そんな視点から、歴史上の人物が照らし出される。権力者、政治家、貴族、英雄、名僧、芸術家、何でもいい。彼や彼女は、登場人物の視線にさらされて、その思わぬ姿を浮かび上がらせることになる。読者はそれまでに抱いていたその人物へのイメージや先入観を揺さぶられる。あるいは、意外な面を知って親近感がわいたり、逆に距離感を抱いたりする。それは時代小説を読む時の大きな楽しみの一つだ。

佐伯泰英の「夏目影二郎始末旅」シリーズが十五巻を数えて完結した。第一巻から楽しんできた読者には感慨が大きいだろう。

この第十五巻は全篇に緊張感がみなぎっている。特に鮮やかだったのはシリーズのラストを飾る国定忠治《くにさだちゅうじ》の処刑場面だった。この本のクライマックスだ。磔柱《たっちゅう》にくりつけられた白無垢《しろむく》姿の忠治に鑓《やり》が突かれる。少し引用しよう。

〈穂先は見事に胸脇から心臓《しんのぞう》を掠めて、背中に抜けた。
異様な静寂が破れて、思わず吐き出した見物人の息が重なった。
忠治は体に突き刺さった鑓の痛みを耐えて両目を見開いていようと努めた。だが、全身に走る激痛と恐怖に顔が歪《ゆが》むのが分かった。気が遠くなり、意識が薄れていく〉

雪が舞い、影二郎が南蛮外衣で花を咲かせ、川船頭たちが忠治の生涯を唄う「忠治くどき」が周囲を包み込む。そんな中で鑓突きは粛々と続いている。忠治はそのたびに痛みに耐えている。鑓突きが繰り返されるに従って、小説には不思議な空気が漂ってくる。何か厳粛な雰囲気だ。神秘的な感じさえ帯びている。

こんな場面を佐伯の文章で読んだことがあるなあとふと思い、ああ、闘牛の場面だったと思い出した。闘牛士が技と体力の限りを尽くし、命がけで、牡牛と死闘を繰り広げる。そして、牡牛を剣で刺し、息の根を止めていく。忠治が牡牛に見えて仕方なかったのだ。

スペインの闘牛は作物の豊かな実りを祈り、神に牡牛を捧げたのが起こりだとされる。それでは忠治の命は何に捧げられたのだろうか。

第十五巻の異様な面白さに、ついつい先を急いでしまったようだ。まずは、この「夏目影二郎始末旅」シリーズの特質を振り返ってみよう。そして改めて、忠治の命は何に供えられたのかを考えよう。

このシリーズで主人公の夏目影二郎は、タイトル通りに旅に明け暮れる。それが他のシリーズと比べた時の一番の特徴だろう。佐伯作品には主人公が旅をするものが多いのだが、ここまで旅から旅に日々を過ごすのは特徴的といってもいい。それはこのシリーズの性格を色濃く決めているように思う。佐伯はこんなふうに話す。

「影二郎というのは流れる人なんですね。路上の人といってもいい。定住生活者ではないんです。木枯し紋次郎以来、股旅ものはあまり書かれていないように思うのです。私はこの世界を書きたかったのです」

影二郎の本名は瑛二郎。旗本の常磐《ときわ》秀信《ひでのぶ》と、浅草の料理茶屋の一人娘の間に生まれた。母は秀信の妾《めかけ》だった。この出自は影二郎の生涯に大きく影響している。

影二郎の口から何度か、自分は妾腹の子だという言葉が語られる。といっても、経済的には恵まれた育ちだと考えられる。浅草寺門前西仲町で料理茶屋「嵐山」を営む祖父母にも大切にされたのだから。

出自の不遇さとあまりカネに困らない環境で育った人のよさ。影二郎はこの両者が調和した人物像になっている。大胆だが謙虚。クールだが温かい。世の中の不条理はよくわかっているのだけれど、それに拘泥《こうでい》し過ぎない。もっと広い視野で世間を眺める、余裕のある態度も併せ持っている。複雑な人物像なのだ。

妾宅で育てられたが、十四歳の時に母親が死んでしまう。このため、常盤家に引き取られるが、義母（秀信の正妻）や異母兄とそりが合わず、一年足らずで家を出てしまう。

そして、社会の裏で生きることになり、吉原の女郎と夫婦になる約束をする。しかし、彼女は香具師《やし》の元締めで十手持ちの男にだまされて身請けされ、自殺してしまう。影二郎はこの男を殺して、いいなずけの仇を討つが入牢《じゅろう》することになる。しかし、父親の秀信に助け出されて遠島を免れ、出世していく秀信の影御用を務めるようになるのだ。

影二郎の生い立ちを振り返るだけで、このシリーズが社会の目立たないところ、表面には出てこない歴史の裏をしきりに物語の舞台として求めていることがわかるだろう。

他方、父親の秀信は出世を重ねて、徐々に幕府で重きを成していく。表社会で立身を続けるのだ。権力の周辺に近づいていくといってもいい。その背景には、秀信の意思を受けた影二郎の活躍がある。

ただ、影二郎は単に父親のいう通りに動いているわけではない。なぜならば、影には影の、裏には裏の掟《おきて》があるからだ。裏には、表とは違う秩序が支配していることも、このシリーズを読むと、よく示されている。このシリーズを貫く思想といってもいい。

結論を先にいってしまうと、影二郎は表と裏を往還する存在なのである。歴史というものは表と裏があざなわれた縄のようにからみ合って動いていく。影二郎はその間にいて、表に貢献したり裏で活躍したりする存在なのだ。彼が住んでいる浅草三好町の市兵衛長屋は、比喩的にいえば、表と裏の境界に位置している。彼がなかなかこの長屋を出ないのは、このためだ。

影二郎は長身で、いつも着流し姿。江戸の三大道場に数えられる名門の鏡新明智《きょうしんめいち》流桃《ももの》井《い》春蔵《しゅんぞう》道場で修行した剣豪で、「位《くらい》の桃井に鬼がいる」と評されたことは繰り返し紹介されるところだ。

影二郎をめぐっては三人の女性が登場する。自殺してしまったいいなずけの「萌《もえ》」。その妹で後に結ばれることになる「若菜《わかな》」。もう一人は常磐秀信の配下で弓の名人に菱沼《ひしぬま》喜《き》十郎《じゅうろう》という人物がいるが、その娘の

「おこま」。美人のおこまは密偵としてしばしば、影二郎と行動をともにする。そして、影二郎を慕っている。

ここで佐伯文学にしばしば見られる男女の構図を思い出してほしい。主人公をめぐる二人の女性。その二人は性格が対照的で、違った魅力で主人公を戸惑わせたり、ひきつけたりし、読者を楽しませてくれるのだ。

このシリーズの場合は、若菜とおこまである。若菜は影二郎にとっては恋人（後に妻）だ。おこまは愛人であり、親友であり、有能な部下のような存在といえばいいか。

若菜には絶えず、死者の萌の影がある。両者はときどき重なり合う。若菜は賢い女性で機転が利き、芯の強さも感じさせる。

これに対して、おこまは水芸人に扮して敵の内情や街のうわさを探査する頼もしい女性スパイだ。短筒の名手でもある。登場するたびに、健康的な色気が伝わってくる。

正直にいうと、シリーズの最初の方で、影二郎とおこまが関係を持ってしまう展開に驚いた。主人公像が随分と複雑になってしまうのではないかと思ったのだ。死者、恋人、愛人。整理してみると、一見するよりは込み入った女性関係を影二郎は生きていることになる。一時は江戸では若菜、旅先ではおこまという分担になるのだが、それが、このシリーズの妙味にもなっていた。

なお、シリーズの初めの方では、この二人以外の女性と影二郎が情を交わす場面が設けられている。これも他の佐伯作品にはあまりない設定ではないだろうか。

定住せずに流れる者、社会の枠に縛られない自由な存在としての影二郎を女性関係から描写しているとも思える。彼の人物像は随分と奥行きがあるのだ。

ところで、女性関係は影二郎が使う飛び道具にも影を落としている。「唐かんざし」のことだ。諸刃の唐かんざしを相手の目などに投げる。シャープな威力を発揮する武器だが、実は萌の形見なのだ。物語が進み、影二郎と若菜が結ばれるようになると、影二郎はあまり使わなくなっていく。死んだ姉さんの遺品を使うのは、若菜に対して具合が悪いのだろうか。女性との関係が影二郎の武器にも影響している。

ところで、影二郎が使う他の武器も独特だ。刀は鍛冶の法城《ほうじよう》寺《じ》佐常《すけつね》

による大薙刀《おおなぎなた》を先反《さきぞり》の豪剣に鍛え直したもので、重くて強く、豪腕の影二郎にいかにも合っている。

また、南蛮外衣もしばしば、いい場面で影二郎が駆使する武器だ。表は黒羅紗《ラシャ》、裏地は猩々緋《しょうじょうひ》。両裾に銀玉を縫いこんでいる。この南蛮外衣はよくいわれることだが、闘牛士が使うカポーテを連想させる。闘牛で使われる外衣のことだ。佐伯にこのことを尋ねてみた。

「ええ、もちろん、そうなんですが、最初は織田信長のマントのイメージがありました。闘牛のカポーテはもともとはカッパなんですね。えりが付いていて、厚地の綿でできている。雨が降ると文字通り、闘牛士たちはカッパとして使うのです。このカポーテの裾に錘《おもり》を付ければ武器になるなあと思ったのです」

ところで旅を続ける影二郎には強力な味方がいる。革製品全般の製造や販売を統率している浅草弾左衛門《あさくさだんざえもん》であり、彼の配下にいる者たちである。弾左衛門について解説した文章を第六巻から引用しておこう。

〈代々弾左衛門は源《みなもとの》頼朝《よりとも》公に御朱印を授けられて以来、長吏《ちようり》、座頭《ざとう》、舞々《まいまい》、猿楽《さるがく》など二十九職を支配する闇の将軍で、その組織は近世になっても徳川幕府と表裏一体をなしていた。〉

弾左衛門は「鳥越《とりごえ》のお頭」と呼ばれ、浅草新町の広大な屋敷に住んでいる。この敷地には太鼓、雪駄、武具など革類を製造し、商う多くの職人や商人が暮らしていた。革は武家社会にとって、なくてはならないものだった。浅草弾左衛門の一族は、その権利を独占してきた。

影二郎は放蕩無頼《ほうとうぶらい》の生活をしていた時に、弾左衛門に知己を得て、かわいがられた。影二郎が父親の影仕事をすることになった時、弾左衛門は渋の塗りを幾重にも重ねた一文字笠を贈った。渋の間から「江戸鳥越住人之許」という意味の梵字《ぼんじ》が浮かび上がるものだ。

この笠は弾左衛門が支配する世界の通行手形だった。これのおかげで影二郎は、各地にある「流《ぐ》れ宿《やど》」に泊まることができた。また、弾左衛門が統率する世界は強い力を持っていて、何かにつけて影二郎を助け、影二郎の相談にものった。佐伯は、彼らを描いた理由をこんなふうに話

す。

「意識して登場させました。現実の歴史の中に存在し、社会をつくり、大きな役割を果たしてきたのではないかと思います。放浪の民や被差別の人々について、網野善彦《あみのよしひこ》さん（歴史学者。中世日本を中心に農民以外の非定住の人々の世界を明らかにした）の著作にも、少しは影響を受けているかもしれません。この物語に出てくる人々はフィクションとして書いていますが」

処刑された国定忠治の遺体を弔うのも、弾左衛門率いる人々の仕事である。忠治は派手に処刑される。しかし、その遺体の後始末をする人たちもいる。裏があって、表がある社会の構造をこの場面はよく示しているのだろう。

さて、それでは忠治は何に捧げられたのか。

忠治について考える時に、上州（群馬県）の風土と切り離せないというのが佐伯の思いらしい。上州は米作に不向きで、その意味では貧しい土地だった。ところが養蚕を受け入れることで換金手段を手に入れた。養蚕は織物や染色技術も上州にもたらした。市場経済が発達し、侠客が生まれる土壌になったというのが、佐伯の考えだ。

「忠治とは上州の人々の願望を体現した存在だったのではないでしょうか」

忠治は処刑される。影二郎の旅は終わる。彼は表と裏を往還することもやめる。江戸幕府は終焉《しゅうえん》を迎えようとしている。近代の足音はすぐそこにまで迫っている。

実は養蚕で生まれる生糸《きいと》は、明治以降の日本の最大の輸出品になり、この国の近代化を推進する力になったのだ。その象徴が世界文化遺産に登録された富岡製糸場であることは、佐伯も物語の中で触れている。

忠治の死が私たちにとって感動的なのは、一人の力ではいかんともしがたい歴史の大きなうねりを実感させてくれるからなのだろう。歴史を動かしているものは何なのかを考えさせてくれるからなのだろう。

そして、歴史はときどき時代に対して、供えものを要求するのを教えてくれるからなのだろう。


（文中敬称略）

光文社文庫

長編時代小説
神《しん》君《くん》狩《が》り　夏《なつ》目《め》影《えい》二《じ》郎《ろう》始《し》末《まつ》旅《たび》(十五)　決定版
著　者　佐《さ》伯《えき》泰《やす》英《ひで》

2023年10月20日　初版1刷発行

発行者　三　宅　貴　久
印　刷　萩　原　印　刷
製　本　ナショナル製本

発行所　株式会社　光　文　社
〒112-8011　東京都文京区音羽1-16-6
電話（03）5395-8147　編　集　部
8116　書籍販売部
8125　業　務　部

ISBN978-4-334-10080-3　Printed in Japan

組版　萩原印刷